शब्दों से परे

गुलज़ार

संपादक डा. सोना सिंह

दिल्ली-110089, (भारत)

संस्करण : 2019
ISBN : 978-81-942084-6-4
प्रखर गूँज साहित्य प्रकाशन संस्था
एच -3/2, सेक्टर-18, रोहिणी, दिल्ली-110089
दूरभाष : **7982710571, 7838505899, 011-27851059**

पहला संस्करण : 2019
मूल्य : **350/-**

आवरण : दुर्गाप्रसाद

गुलज़ार

by **Dr. Sona Singh**

Published by
PRAKHAR GOONJ PRAKASHAN
Delhi – 110089
E-mail : prakhargoonj@gmail.com,
sinha.neelu123@gmail.com
(मो.) **7982710571, 7838505899, 011-42635077**

अनुक्रमणिका

आम आदमी के जीवन में बुनता सात रंग के सपने

विवेकवर्द्धन श्रीवास्तव

एक लाज रोके पैयां, एक मोह खींचे बैयां, जाऊं किधर न जानूं, हम का कोई बताई दें। इस गीत को लिखने के साथ ही फिल्मी दुनिया के गीतकारों में एक नया नाम जुड़ गया गुलज़ार। लेकिन श्रोताओं को अनुमान नहीं था कि वे कुछ समय बाद दर्शक और पाठक भी बन जाएंगें। इनकी लेखनी से निकली हर पक्ति को आम जनता से बहुत दिल से सराहा। मैंने तेरे लिए ही सात रंग के सपने बुनें, सपने सुरीले सपने। यह पहली बार ही पता चला कि सपने की भी आवाज़ होती है। ऐसे ही 1975 की आंधी फिल्म और उसके गीतों ने तो धमाल मचा दिया। तेरे बिना जिंदगी से कोई, शिकवा, तो नहीं, शिकवा नहीं। यह गीत सभी आयुवर्ग के लोगों की पसंद आज भी है। मैकेनिक से शायर और शायर से गीतकार, निर्देशक बनने की कहानी तो सीधी सपाट है पर उसके रंग इतने मनमोहक है कि वे आम आदमी को भांति-भांति के सपने बुनने की आजादी देते हैं। रोज़-रोज़ आंखों तले इक ही सपना पले जैसा गीत लिखने के बाद उन्होंने कजरारे-कजरारे तेरे नैना काले-काले जैसा गीत भी लिखा। एक गीत ने रेडियो पर आज भी श्रोताओं को पकड़ रखा है तो दूसरा गीत टीवी पर धूम मचा रहा है। एक सुनने को मजबूर करता है तो दूसरा नाचने को। किसी एक गीतकार में इतनी विविधता भारतीय फिल्म इतिहास का अनूठा पहलू है। बुजुर्गों के साथ उनकी संस्कृति, भाषा, मानसिकता और परंपरा के साथ नौजवानों के सपनों, दिलों को समझने वाला गीतकार गुलज़ार। ओ मांझी रे अपना किनारा नदिया की धारा है, कोई होता जिसको अपना हम अपना कह लेते यारो की कसक आने वाला पल जाने वाला है के साथ एक नई धारा का प्रवाह है। अपनी जिंदगी को एक चुनौती की तरह लेने वाले लोगों के लिए ऐ जिंदगी गले लगा लें, ऐ अजनबी तू भी कभी आवाज दे कहीं से जैसे गीत लिखें।

आंधी फिल्म के तुम आ गए हो नूर आ गया है, तेरे बिना जिंदगी से कोई, इस मोड़ से जाते हैं कुछ सुस्त कदम रस्ते सभी गीत अपने आप में अद्भुत है। मेरा कुछ सामान, यारा सीली-सीली, दिल हूम-हूम करें मन के अंदर होने वाली उथलपुथल को दर्शाते गीत हैं। दो दीवाने शहर में रात में हो या दोपहर में आबूदाना ढूंढतें हैं आशियाना ढूंढतें हैं। आनंद फिल्म में जिंदगी का फलसफा समझाते, प्रेमी के विरह को बताते गीत मैंने तेरे लिए ही, ना जिया लागे ना, जिंदगी कैसी है पहेली हाय। ऐसे ही उनका दिल फुरसत के लम्हें तलाशता है। हजार राहें मुड़ के देखी कहीं से कोई सदा न आई, चप्पा-चप्पा चरखा चलें जैसे गीतों में बिलकुल अलग भाव है। आप अगर आप ना होते तो कहने के साथ वे दूसरे गीत में लिखते हैं-आंखों में हमने आप के सपने सजाए हैं, आप की आंखों में कुछ महके हुए से राज़ हैं। ऐसे ही विरह गीतों में बेचारा दिल क्या करें, सावन जलें, दो नैनों में आंसू भरे हैं, बोले रे पपीहरा पपीहरा, मेरे साजन है उस पार मैं मन मार, भेजे कहार पियाजी बुला लो, एक अकेला इस शहर में, जाने क्या सोचकर नहीं गुज़रा आदि हैं। जिंदगी के दर्शन और उसे जी भर कर जी लेने के लिए कतरा-कतरा मिलती है, कतरा-कतरा जीने दो जिंदगी है, मेरे साजन है उस पार, मुसाफिर हूं यारों ना घर है ना ठिकाना, नाम गुम जाएगा चेहरा ये बदल जाएगा और राह पे रहते हैं यादों पे बसर करते हैं जैसे गीत लिखें।

उनके लिखें गीतों में मीठे बोल बोले पायलियों, मुझे छू रही है तेरी गर्म सांसें, मुझे जा ना कहो मेरी जान, फिर वहीं रात है रात है ख़्वाब की, रोज अकेली आए रोज़ अकेली जाएं जैसे गीतों में शब्दों के साथ उनका सुरीलापना भी बरकरार है।

ऐसे ही जाने क्या सोचकर नहीं गुजरा, जब कभी मुड़के देखता हूं, हमने देखी है इन आंखों की महकती खुशबू, गुलमोहर गर तुम्हारा नाम होता, हाल चाल ठीक ठाक है, सब कुछ ठीक ठाक है और हवाओं पे लिख दो हवाओं के नाम जैसे गीतों की विविधता ने गुलज़ार को एक सफल गीतकार के रूप में स्थापित किया। झूठे नैना बोले सच्ची बतियां, हजारराहें मुड़ के देखी कहीं से कोई सदा ना आई, हुजुर इस कदर भी ना इतरा के चलिए, रुके-रुके से कदम रुक के बार-बार चले, समय ओ

धीरे चलो जैसे गीतों में भी इनकी शैली और मानव मन की गहराई दिखाई देती है। सुरमई अंखियों में नन्हा मुन्ना इक सपना दे जा रे, सपने में देखा सपना, तुझसे नाराज नहीं जिंदगी हैरान हूं मैं, तुम पुकार लो तुम्हारा इंतजार है, वो शाम कुछ अजीब थी ऐसे कितने ही गीत हैं जो रोजमर्रा की बातों के साथ हमारी जिंदगी को नया करते चले जाते हैं। ये साये है ये दुनिया है, सिली हवा छू गई जैसे गीत भी हैं जो सुनने वालों को एक नवीन अनुभूति देते हैं।

बंदिनी से चला यह सिलसिला गुलज़ार को भले ही दो भागों में बांटता हो पर श्रोताओं, दर्शकों और पाठकों के स्तर पर वे एक ही है। पुरानी पीढ़ी ने उनके गीत सुने, नई पीढ़ी ने भी उनके गीतों को सुना और गुना। गीतों में मसाले डालते हुए उसमें नए तड़के के साथ देने वाले गुलज़ार अलबेले गीतकार है। वे पहले गीत बनाते और उस पर धुन बनाने के लिए चल देते। आर डी बर्मन के बाद उनका साथ देने वाले संगीतकार बनें विशाल भारद्वाज। इन दोनों ने मिलकर ऐसे गीतों की रचना की जो सुनने और गुनगुनाने के साथ नए प्रकार के गीतों की श्रेणी में अव्वल है। गुलज़ार ने नए गीतों में ऐसे शब्दों का प्रयोग किया जो अपने आप में अद्भुत तुलना प्रस्तुत करते हैं। बीड़ी जलई ले जिगर से पिया, जिगर में बड़ी आग है या फिर गोली मार भेजे को कि भेजा शोर करता है। जुबां पे लागा नमक इस्क का, सपने में मिलती है कुड़ी मेरी सपने में मिलती है। और ऐसे ही नए गीतों की लंबी फेहरिस्त है। खिड़की से चांद आएगा, कभी नीम-नीम कभी शहद-शहद, छोड़ आए हम वो गलियां, दिल से रे दिल से रे, सभी गीत कर्णप्रिय हैं। इन सभी गीतों में भाषा का कमाल देखने को मिलता है। इनमें साथिया, डेढ़ इश्किया, कमीने, ओंकारा, मकबूल, स्ट्राइकर, एक थी डायन, मटरू की बिजली का मंडोला, इश्किया, दस कहानियां, नो स्मोकिंग, सात खून माफ, द ब्लू अम्ब्रेला, चुपके से, मकड़ी, जहां तुम ले चलो, हूतूतू, सत्या, चाची 420, माचिस, दिल से जैसी फिल्मों के गीत लिखें और लोकप्रियता के सातवें आसमान पर हैं। इन्होंने अपने गीतों में नवीन प्रतीकों की रचना की। कई गीत तो लीक से इतने हटकर है कि समझ नहीं आता कि उन्हें किन वर्ग के लोग पसंद करेंगें। जैसे गुलाबो जरा इत्रगिरा दो, जरा गंध फैला दो।

जिगर से बीड़ी जलाने वाले, इस्क का स्वाद नमक का बताने वाले गुलज़ार साहब ने ही जय हो लिखा और ऑस्कर तक पहुंचे।

लकड़ी की काठी से लेकर जंगल-जंगल बात चली है पता चला है इससे प्रारंभ हुआ बच्चों की रचनओं का सिलसिला चलता रहा। फिल्म निर्माण और निर्देशन के साथ गुलज़ार ने बच्चों के लिए कई कहानियां लिखीं। अनेक फिल्मी गीत जो सिर्फ बच्चों के लिए फिल्माए गए बहुत लोकप्रिय हुए। इन्होंने कथा-पटकथा के साथ साहित्य की सेवा भी की। अनेक पुस्तकें, पत्रिकाओं के लिए लेखन जारी है।

गुलज़ार की नज़्मों के विविध रंग

कृष्णकुमार मिश्र

गुलज़ार गजल, शायरी, नज़्म, पटकथा लेखन की दुनिया में एक ऐसा नाम है जिसको हिन्दुस्तान ही नहीं बल्कि संसार भर में लोग जानते और पहचानते हैं। गजल से लेखन कार्य प्रारंभ करने वाले गुलज़ार साहब का बचपन दिल्ली में बीता। उनके पिता पेशे से व्यवसायी थे जो यह नहीं चाहते थे कि उनका बेटा गाने-बजाने का काम करें। लेकिन गुलज़ार को तो एक अच्छा शायर, कुशल फिल्मकार, संजीदा कहानीकार एवं बेहतरीन गीतकार बनना था। ऐसे में उनका मन दिल्ली कैसे लगता और वे एक दिन दिल्ली छोड़कर मुंबई चले आए। मुंबई में मेकेनिक के रूप में जिंदगी शुरू की और मेकेनिक के काम से जब उन्हें छुट्टी मिलती तो कविता करते। फिल्म उद्योग में उनका आगमन बिमल रॉय, ऋषिकेश मुखर्जी और हेमंत कुमार के सहायक के रूप में हुई। बतौर गीतकार उन्होंने सचिवदेव बर्मन की गीत बंदिनी के लिए पहली बार गीत लिखा। गुलज़ार ने खुशबू, आंधी आपातकाल के दौरान प्रतिबंधित, लिबास, मौसम, मीरा, परिचय, अंगूर, माचिस और हूतूतू जैसी मौलिक और सामाजिक फिल्मों के निर्देशन के अलावा, मिर्जा गालिब पर उच्च कोटि का टीवी धारावाहिक का निर्माण किया। गुलज़ार की कविताएं जानम, एक बूंद चांद, कुछ और नज्में, साइलेंसेस, पुखराज, ऑटमनु, त्रिवेणी, रात, चांद और मैं, रात पशमीने की तथा यार जुलाहे में संकलित हैं। कहानियों में रावीपार, रात और धुंआ के साथ बच्चों के लिए भी कविताएं लिखीं। गुलज़ार की लेखनी में कुछ इस तरह की ताकत है, जिससे वे जब चाहते हैं, और जिस तरह का चाहते हैं वो कर दिखाती है। भावों और शब्दों को इस तरह से प्रयोग में लाते हैं कि उनकी अनकहनी भी बहुत सारी बातें कह जाती है। उनकी नज्मों में व्यक्तिगत और सामाजिक पीड़ा एक होकर अनुभवों की मिठास और कटुता दोनों को उद्घाटित करती है। राष्ट्रीय और अतंरराष्ट्रीय परिस्थितियों का एहसास कराती हुई चलती

है। तभी तो वे कहते हैं कि-

हमने देखी है उन आंखों की महकती खुशबू, हाथ से छूकर इसे रिश्तों का इल्जाम न दो।

सिर्फ एहसास है यह रूह से महसूस करो, प्यार को प्यार ही रहने दो कोई नाम ना दो।

गुलज़ार गीत, नज़्म और गज़ल जैसी विधाओं से भलीभांति परिचित थे। उनकी कलात्मकता उभरकर सामने आती है। इस कारण उनका अंदाज नए रंग में नए कलेवर के साथ दिखता है। जमाने के तकाजे नए हैं और यहीं सब कारण है कि उनकी नज्मों का स्वर थोड़ा विद्रोही भी है। किंतु यह विद्रोह रचनात्मक स्तर पर है। वे आज की सामाजिक सभ्यता के नए मूल्यों का विश्लेषण अलग नजरिये के साथ करते हैं। उनकी नज्मों में सामाजिक चिंतन और अनुभूति की संभली हुई कैफियर नजर आती है।

दिल हूम-हूम करें, घबराये, घन धन-धम कर, गजराये, इक बूंद कभी पानी की, मोरी अंखियों से बरसाये।

स्त्री की जो पीड़ा और घुटन है, इस गीत में उभरकर बाहर आती है। समाज में स्त्री आज भी नरकीय जिंदगी जीने का विवश है। उस बंधन को तोड़ना चाहती है। वह गुलज़ार के गीत रूदाली में देखने को मिलता है। इस प्रकार स्मृतियों को यथार्थ के बीच गुलज़ार एक सामंजस्य बनाते हैं। कल्पना की ऊंची उड़ान से उठकर समाज में घट रही घटनाओं पर एक सार्थक टिप्पणी करते हैं।

आओ, एक नज़्म कहें, फिर दर्द को सहला को सूजा लें आंखें,
फिर किसी दुखती हुई रग से, छुआ दें नश्तर।

यहां दर्द को नज़्म के माध्यम से व्यक्त करना और दर्द से तड़पते व्यक्ति का सीधासादा चित्र खींचते हुए दिखाई पड़ते हैं। चूंकि गुलज़ार का घर विभाजन के पूर्व वर्तमान पाकिस्तान के दीना नामक गांव में पड़ता था। इस बात से हमें उनके और उनके परिवार की मानसिक स्थिति का

आकलन हो जाता है कि उन्होंने और उनके परिवार ने विभाजन

की त्रासदी को बहुत नजदीक से देखा और भोगा है। इस पीड़ा का सजीव चित्रण अपनी फिल्म माचिस के गीत में करते हैं, जिसको वे कभी भूला नहीं पाए हैं।

छोड़ आए हम वो गलियां, जहां तेरे पैरों के कंवल गिरा करते थे।

हंसे तो दो गालों में भंवर पड़ा करते थे,

तेरी कमर के बल में नदी मुड़ा करती थी।

हंसी तेरी सुन-सुनकर फसल पका करती थी।

गुलज़ार ने बचपन का वह दर्द और बंटवारे से मिली खौफनाक विरासत को न सिर्फ जिया बल्कि उस दुख को समाज के उस वर्ग के लोगों से जोड़कर देखा है। यहीं कारण है कि गुलज़ार की कविताएं समाज के उस साधारण आदमी से संवाद के जरिये अपनी पहचान ढूंढती है। यह बात उनकी शायरी में ऐसा रंग भरती है, जो हिन्दुस्तानी जबान में नज़्म लिखने वाले समकालीनों से अलग करती है। एक हद तक हम यह बात आसानी से कह सकते हैं कि निहायत साधारण जीवन जीने वाले समाज की चौखट पर जाकर गुलज़ार की कविता और निखर जाती है। यह अपनत्व और उत्कर्ष, गुलज़ार की पूरी जिंदगी और उनके अनेक सामाजिक कार्यों में लक्षित की जा सकती है। जैसे अपने संघर्ष के दिनों में एक मोटर गैराज में नौकरी करने से लेकर हिन्दी सिनेमा के दिग्गज निर्देशक विमल रॉय के सहायक की भूमिका में उतरने तक और सबसे बड़ी बात यह कि एक महत्वपूर्ण सिनेमाई कद हासिल कर लेने के बावजूद, हर क्षण एक गीतकार, कहानीकार के रूप में संघर्ष करते रहने की जद्दोजहद उनके अंदर दिखाई देती है। यह सारी खासियतें मिलकर गुलज़ार की कविता को एक ऐसे करिश्माई मुकाम पर पहुंचा देते हैं, जिसका कहीं और छोर नहीं मिलता है।

गुलज़ार की नज़्में एक तरफ, घरेलू और रोजमर्रा की जिंदगी से जुड़े होने वाले बिंब को प्रस्तुत करती है। अधिसंख्य सामाजिक परिस्थितियों को और संवेदनाओं को बताती है। 'कहने वालों का कुछ नहीं जाता, सहने वाले कमाल करते हैं।' 'कौन ढूंढ़े जवाब दर्दों के, लोग तो बस सवाल करते हैं।' ऐसी संवेदनशीलता को पाने की जतन में गुलज़ार किसी प्रकार की

परंपरा की ओर नहीं मुड़ते, जहां वे स्वतंत्र रूप से उस परंपरा से जुड़ न सकें, बल्कि वे इस प्रकार की निजता को स्वयं के लिए आविष्कृत करने की तरफ मुड़ते हैं, जिससे खुद की एक नई परंपरा को गढ़ सकें। वह परंपरा जो उन्होंने पुराने दिल्ली के सब्जी मंडी वाले इलाके में रोशनआरा रोड पर बचपन में खेलते हुए महसूस की। जिसे उन्होंने गालिब, मीर, मोमिन और नज़ीर के कलामों की सोहबत से अर्जित किया। गुलज़ार के रचनाकर्म में विशेषकर उनकी नज़्मों और गज़लों के संदर्भ में एक महत्वपूर्ण प्रतीति यह भी है कि उनके यहां प्रेम बहुत गरिमा के साथ प्रतिष्ठित हुआ है। उनके स्वभाव में जो एक अजीब बेगानापन है, संकोच का ठहरा हुआ सा पर्दा है, वह प्रेम के सामान्य अर्थों में विश्लेषित नहीं करता। यह जानना दिलचस्प है कि सूफ़ी कविता और सूफ़ी संगीत में भी प्रेम की उपस्थिति लगभग एक अनिर्वचनीय सत्य के रूप में उजागर होती है, फिर बात जब गुलज़ार की हो रही हो, जो स्वयं अपनी अभिव्यक्ति की सहज छायाएं प्रस्तुत करने में तनिक भी हिचकिचाते नहीं है। जैसे तेरे गुलनारों से दहके हुए रुखसारों... ....शाम का पिघला हुआ सुर्ख-ओ सुनहरी रोगन और जिस्म जब खत्म हो और रूह को जब सांस आए, मुझसे इक नज़्म का वादा है, मिलेगी मुझको।

प्रेम की अनकही आवाज़ को जो बोलना नहीं जानती गुलज़ार बखूबी सुन पाए हैं। और उनके किरदारों की सबसे बड़ी ख़ासियत है कि वे प्रेम में इन अलक्षित अंतरालों को बड़ी शिद्दत से पहचानते हैं। अमृता प्रीतम ने उनके इस पक्ष को बहुत सुंदर प्रकार से व्यक्त किया है- गुलज़ार एक बहुत प्यारे शायर है, जो अक्षरों के अंतराल में बसी हुई खामोशी की अज़मत को जानते हैं। उन्होंने इसे इतना पहचाना है कि उसकी बात अक्षरों में ढालते हुए उन्होंने उस खामोशी की अजमत रख ली है, जो एहसास में उतरना जानती है पर होठों पर आना नहीं चाहती। तमाम प्रकार के सामाजिक सरोकारों से अलग गुलज़ार के रचनात्मक जीवन का एक कोना वह भी है जो निहायत घरेलू व व्यक्तिगत जवाबदेही से उपजा है। यह कोना सौभाग्य से उनकी संवेदना का सबसे उर्वर प्रदेश है। यहां हम ये बातें बच्चों की दुनिया, उनके बचपन और उस बचपन की संवेदनाओं की सहज उपस्थिति के संदर्भ में कर रहे हैं। यह तो सबको पता है कि कई खंडों गुलज़ार ने अपनी बेटी को

संबोधित कर बोस्की का पंचतंत्र लिखा है। भाषा की कसौटी पर यदि गुलज़ार को परखा जाए तो उनकी भाषा आश्चर्यजनक रूप से नवगीतों, गज़लों एवं समकालीन कविता के साथ कदम से कदम मिलाकर चलने में कहीं भी डगमगाई नहीं है। वे भाषा को काव्यशास्त्रीय ढंग से लेकर उसका लोकपक्ष और मानवीय पक्ष को पकड़ने में सिद्धहस्त दिखाई पड़ते हैं। वर्तनी, शब्द, ध्वनि और मात्राओं को लेकर कुछ जटिल तो कुछ सहज, कुछ अटपटा तो कुछ बेहद अनोखा प्रयोग उनके गीतों को साधारण गीतों के दर्जे से उठाकर साहित्य की सबसे अग्रिम पक्ंति में लाकर खड़ा कर देता है।

गुलज़ार : रचनाधर्मिता के विविध आयाम

कु. प्रीति शोधार्थी,

अपनी कलम की ताकत के बलबूते अज़ान और आरती के स्वरों को मिलाकर एक कर देने वाले कवि, गीतकार, पटकथा लेखक, फिल्म निर्माता और निर्देशक गुलज़ार का नाम आज किसी परिचय का मोहताज नहीं है। अपनी रचना की सशक्तता के बलबूते हिन्दी सिनेमा में अपना खास मुकाम बनाने वाले गुलज़ार का नाम आज हर मज़हब को मानने वालों के बीच खासा मकबूल है। इस बारे में खुद गुलज़ार का मानना है कि-बहुत मुमकिन है कि हर बरस अगर दुआएं न मिलतीं तो ...मैं अस्सी का हो ही न पाता, तुस्सी हो मैं अस्सी का हूं। इस जिंदादिल रचनाकार का जीवन अपने आप में बहुत सहज था और है भी। बचपन में मां का साया उठना और देश का विभाजन। ऐसे में जब हिन्दुस्तान दो हिस्सों में तकसीम हुआ तो इनका बचपन पाकिस्तान में ही छूट गया। बंटवारे के बाद इनके परिवार ने अमृतसर में पनाह ली और गुलज़ार की जिंदगी का नया अध्याय प्रारंभ हुआ। रचना धर्मी गुलज़ार की पहली रचना बिमल रॉय की फिल्म बंदिनी का गीत मोरा गोरा रंग लई ले। मुंबई में प्रारंभ हुआ उनका संघर्ष रंग लाया और वे एक सफल रचनाकार के रूप में जाने जाते हैं। इसकी सफलता के बाद इनकी लेखनी ने ऐसी गति पकड़ी कि कभी पीछे मुड़कर नहीं देखा।

गुलज़ार बहुमुखी प्रतिभा के कलाकार है अतः उनका रचना वितान किसी एक विधा तक सिमटा हुआ नहीं है। उन्हें अपने समय और समाज की जीवंत अभिव्यक्ति करने के लिए जो माध्यम उचित लगें, उन्होंने अपनाएं। चाहे वह फिल्म निर्माण हो, धारावाहिकों का निर्देशन हो या फिर कविता, कहानी, गीत गज़ल आदि। साहित्य अकादमी, पद्म विभूषण, आस्कर अवार्ड तथा दादा साहेब फालके जैसे न जाने कितने पुरस्कारों से नवाजे गए गुलज़ार साहब ने 'चौरस रात' लघुकथाएं, जानम कविता संग्रह, रावी पार कथा संग्रह, रात चांद और मैं,

खराशें, नाम से अनेक किताबें भी लिखी है। किताबों से लेखक का रिश्ता बड़ा पुराना है। तभी तो उसे बंद अलमारी के शीशों से निहारती किताबें दिख जाती हैं। वे उसे बड़ी शिद्दत से पुकारती है। मानो कह रही हो कि जो शामें हमारी सोहबतों में कटा करती थी, वे अब इस नए तकनीकी युग में कम्प्युटर के आगे कही खो सी गई हैं। ज्ञान का झरना तो बहता रहेगा पर किताबों से आने वाली खुशबू भला कैसे आएगी? किताबें मांगने, गिरने, उठाने के बहाने रिश्तें बनते थे। उनका क्या होगा? वो ाशायद अब नहीं होंगें।

गुलज़ार इंसानी रिश्तों के वह अमर गायक हैं, जिनकी रचनाधर्मिता में सांसारिकता का गहरा भाव है। गुलज़ार के यहां प्रेम, काल्पनिक प्रेम की अतिरंजित छलनाओं से परे न तो किसी जिस्म की साज पे बजती हुई गूंज है और न मंदिर की आरती, न पूजा है, न वफा है और ना ही लालच है।

ना कोई लाभ न हानि कोई, ना ये हुनर है ना ईनाम है,
ये रिवाज न रीत है ये, ये रहम नहीं ये दान नहीं।
खुशबू है मगर ये खुशबू ही पहचान नहीं,
यह संबध है दो जानों का, दो रूहों का पहचानों का।

स्पष्ट है प्रेमियों की प्रेमकांक्षा, आशा-निराशा, पीड़ा, व्यथा तथा अतीत के सुख स्वप्नों की स्मृति में वे सामान्य मानव को अपने निकटस्थ जान पड़ते हैं। उनकी पंक्तियों के काफी अर्थ होते हैं। मसलन-देखो कोई ख़्वाब न टूटे, रिश्तें बस रिश्तें होते हैं। बस एक लम्हें का झगड़ा था, ये नज़्म कुछ कहती है। फिर वहीं लौट के जाना होगा, यार ने कैसी रिहाई दी है। हाथ छूटे भी तो रिश्तें नहीं छोड़ा करते, वक्त की शाख से लम्हें नहीं तोड़ा करते।

अपनी भावनाओं को इतने बेहतरीन शब्दों में पिरोना गुलज़ार से बेहतर कौन जान सकता है? आंखों और चांद पर सर्वाधक नज़्में लिखने वाला शायर इंसानी कमजोरियों को भली-भांति समझता है और इसलिए उन

पर विजय पाने की मंशा से गुनगुनाता है-

हमको मन की शक्ति देना मन विजय करें,
दूसरों की जय से पहले खुद को जय करें।

वह जानता है कि विचार खालिस हवा से नहीं टपकते अपितु वे तो इंसानी जिंदगी के हालातों, उसकी जद्दोजहद से घिस रगड़कर गीत या गज़ल की शक्ल अख़्तियार करते है। यहीं वजह है कि गुलज़ार अपनी नज्मों, गज़लों, गीतों और फिल्मों में जीवन की सच्चाई को घोलने वाले रचनाकार है। उन्होंने रूपहले पर्दे पर एक के बाद एक कई फिल्मों का निर्माण कर जीवन की इसी सच्चाई को उतारने का काम किया है। मेरे अपने, कोशिश, आंधी, मौसम, अंगूर, नमकीन, इजाजत, माचिस आदि उनके निर्देशन में बनी दिल को छू लेने वाली फिल्में हैं। इसमें मेंहदी में छिपे रंग की तरह जिंदगी की सच्चाई पर्त-दर-पर्त खुलती चली गई है और इसमें दिए गए सुख-दुख, आशा-निराशा, लाभ-हानि जैसे रंग बाहर आते गए हैं।

रोजमर्रा की जिंदगी से लम्हें चुराकर उनमें दिल को छू लेने वाले गीतों का निर्माण करने वाले गुलज़ार की कुछ उम्दा पक्तियां वे हैं, जब जीवन संघर्ष से बोझिल कवि के झुके हुए कंधों को एक नन्हीं सी नज़्म सहारा देती है-

मेरा हाथ पकड़कर,
मेरे शायर ला मेरे कंधों पर रख दे
मैं तेरा बोझ उठा लूं।

या फिर वे कहते हैं-

सांस लेना भी कैसी आदत है,
जिए जाना भी क्या रवायत है।
कितने बरसों से कितनी सदियों से जिए जाते हैं,
जिए जाते हैं, आदतें भी अजीब होती हैं।

गुलज़ार के बारे में बात करते हुए यदि उनकी त्रिवेणियों को बारे

में चर्चा ना की जाएं तो पूरी बात अधूरी है। इनकी त्रिवेणी का अंदाज ही निराला है। त्रिवेणी बड़े और कड़े शब्दजाल से परे जीवन के सच्चे भावों का हार्दिक स्पंदन है। गुलज़ार की कविता संपूर्ण कविता जगत में शब्दों को नए आयाम प्रदान करती है।

सम्पूर्ण सिंह कालरा से गुलज़ार तक का सफर

अभिषेक त्रिपाठी शोधार्थी,

गुलज़ार को हिन्दुस्तान के सिनेमा-जगत में एक संवाद-रचयिता, पटकथा-लेखक, निर्माता और निर्देशक के रूप में भी उतनी ही शिद्दत से शामिल किया जाता है, जितनी शिद्दत से एक गीतकार के रूप में शामिल किया जाता है। इसके अलावा गुलज़ार ने महान् शायर गालिब पर भी एक प्रामाणिक व मर्मस्पर्शी टीवी सीरियल बनाया है। लोग गालिब की जीवनी पढ़ने के बजाय नसीरुद्दीन शाह के अभिनय से सजा यह सीरियल देखना अधिक पसन्द करते हैं। गुलज़ार के व्यक्तित्व की विशालता का एक और पहलू यह है कि वे हिन्दी-उर्दू कविता में भी अदब के बड़े मकाम पर हैं। भारतीय सिनेमा और साहित्य के इस लाड़ले के ड्राइंगरूम में आप पद्म भूषण, साहित्य अकादमी, फिल्मफेयर व नेशनल अवार्ड्स की आभा के अलावा ऑस्कर की शानदार चमक भी देख सकते हैं। सपनों की नगरी मुम्बई में रहने वाले गुलज़ार ने अनेक साहित्यिक रचनाओं का अनुवाद करके अपने ताज में कुछ और रत्न भी जड़ लिए हैं। सफेद झक्क कुर्ता-पायजामा, आँखों पर सुनहरी फ्रेम का चश्मा और हमेशा कुछ तलाश करती-सी नजरों का धनी छरहरे बदन का यह शालीन व्यक्ति उम्र के सातवें दशक में भी जिस सक्रियता से देश के सिनेमा और साहित्य के प्रेमी समुदाय में छाया हुआ है, यदि इसी तरह स्वस्थ-प्रसन्न रहते हुए सरस्वती की इबादत में लगा रहा तो तो एक दिन निश्चय ही वह भारत के चलचित्र व साहित्य-जगत के पितामह का दर्जा पा जाएगा।

संगीत या फिल्म से जुड़ा कोई व्यक्ति इस नाम से अनभिज्ञ नहीं हो सकता। ये उनके विराट व्यक्तित्त्व का ही कमाल है कि गुलज़ार साहब का नाम जेहन में आते ही एक सम्मान का भाव उजागर होता है। गुलज़ार साहब कहते हैं, संगीत के लिए हमारे जीवन में एक प्रातिक जगह है, सुबह उठ कर पूजा के श्लोक, तकरीबन उसी समय दूधवाला आता है अपनी की

साइकिल की घंटी और साथ में सिटी बजाने से लेकर एक फकीर के गाने की आवाज से लेकर हमारी माँ की खाना पकाते समय की गुनगुनाहट, और रात में लोरियों की गरमाहट, संगीत हमारे जीवन की खाली जगह को भर देता है और इसीलिए संगीत सब को पसंद है।

गुलज़ार साहब की बात बिलकुल सही है और क्यूँ न हो उन्होंने गाने ही इस तरह के लिखे है जो जीवन और दिल के बहुत करीब महसूस होते है, गुलज़ार साहब को पचास साल से ऊपर हो चुके है फिल्मी दुनिया में मगर इन सालों में उन्होंने लगभग 125 फिल्मों के लिए अपना योगदान दिया है। यानि गुलज़ार ने थोक भाव में गीत नहीं लिखा। संख्या से ज्यादा उन्होंने गुणवत्ता का खयाल रखा। सिनेमा जैसे माध्यम में इसको बचाये रखना निश्चय ही बड़ी उपलब्धी है। इसी कारण से वो लगातार प्रासंगिक बने रहें हैं। उनके कम ही गीत होंगे जो गुमनामी के अंधेरे में खोये होंगे।

उनके गीतों में व्यापक विविधता है। जैसे उनके गीतों में रात, चांद, धूप, प्रेम बार बार आते रहतें हैं। वैसे ही कुछ खास ट्रेंड या प्रवृति को हम पहचान सकते हैं। गुलज़ार साहब ने अपना पहला गीत फिल्म श्रीमान सत्यवादी के लिए लिखा था गुलज़ार दानवी के नाम से इस फिल्म में गुलज़ार साहब के साथ हसरत जयपुरी और गुलशन बावरा ने भी उनके साथ गीत लिखे थे। हालाँकि उन्हें सफलता मिली जब उन्होंने फिल्म बंदिनी का मोरा गोरा अंग लेइ ले लिखा, ध्यान रहे इस फिल्म में उन्हें शैलेन्द्र साहब की सिफारिश पर लिया गया था, सारे गाने शैलेन्द्र साहब ने लिखे थे मगर एक गाना जो हटकर था वो गुलज़ार साहब का था, यहाँ से उनको दुनिया एक गीतकार के रूप में पहचानने लगी। उसके बाद हेमंत दा के साथ हवाओं पे लिख दो हवाओ के नाम भी हिट हो गया। मगर खामोशी के गानों ने गुलज़ार साहब को दूसरे गीतकारों से मीलों आगे पहुंचा दिया, तुम पुकार लो, हमने देखी है इन आँखों की, वो शाम कुछ अजीब थी, ये ऐसे गीत हैं, जो आज भी रातों को सुन लो तो रात और भी हसीं हो जाती है। इन गानों के बाद गुलज़ार साहब ने पीछे मुड़ के नहीं देखा, खामोशी के बाद गुड्डी और आनंद। 1972 का साल हमारे फिल्म जगत के संगीत के लिए एक बहुत ही बेहतरीन समय साबित हुआ जब पंचम दा और गुलज़ार साहब की जोड़ी जमी। फिल्म

परिचय से एक बार फिर गुलज़ार साहब ने सारे गाने लिखे और आज भी वो गाने सुने जाते हैं। परिचय के बाद पंचम दा और गुलज़ार साहब एक दूसरे के पर्यायवाची बन गए। अमूमन होता ये है के एक संगीतकार एक ट्यून बनाकर गीतकार को दे देता है और फिर गीतकार उस मीटर में गीत लिखता है मगर पंचम और गुलज़ार की जोड़ी कुछ अजीब तरह की थी यहाँ उल्टा होता था, गुलज़ार साहब गीत लिख के ले जाते और फिर पंचम दा उसकी ट्यून बनाते थे।

ऐसा लगता है पंचम और गुलज़ार की इस जोड़ी पर एक ग्रन्थ लिखा जा सकता है। खैर परिचय के बाद नमक हराम, दूसरी सीता और उसके बाद आंधी, यहाँ पर जिक्र किसा जा सकता है गुलज़ार साहब की शैली का, जो उनको दूसरो से अलग बहुत अलग बनती है, उनके गीत ऐसे शब्दों में बंधे होते हैं, जिनका मतलब गीत को 4-5 बार सुनने के बाद समझ आता है। मगर एक बार समझ में आ गया तो बरसों तक आपके दिलोंदिमाग पे छाए रहता है। जैसे आंधी के एक गाने में उन्होंने लिखा है तिनकों के नशेमन तक यहाँ नशेमन का मतलब है घर से हैं जो कि तिनकों से बना हो, अब कोई भी गीतकार अपनी गाने में झोपड़ी का इतना सुन्दर प्रयोग कर सकता है, ऐसी संभावना भी नहीं दिखती। आंधी के बाद खुशबू, किनारा, हर एक गाना हीरे की तरह दमकता है। गुलज़ार साहब और पंचम दा की इस जोड़ी ने अजीबोगरीब और प्रयोगधर्मी गाने भी बनाये जैसे मास्टरजी की आ गयी चिट्ठी या घर का गीत तेरे बिना जिया जाये ना, या कभी गुलज़ार साहब चाँद को चुराते हुए चर्च के पीछे बैठने की बात करते हैं। वही हसीं ठिठोल से भरपूर गोलमाल है भाई सब गोलमाल है, या नमकीन के संजीदा और एक जीवन के फलसफे से भरा हुआ राह पे रहते हैं, या मासूम का तुझसे नाराज नहीं जिंदगी, इजाजत के गाने कौन भूल सकता है। जब गुलज़ार साहब पंचम दा के पास मेरा कुछ सामान तुम्हारे पास पड़ा है को लिख के पंचम के पास लेकर गए और बोले इस पर गाना बनाना है तो पंचम दा ने कहा यार कल से टाइम्स ऑफ इंडिया लेकर आ जाना बोलना इस न्यूज पर भी गाना बनाओ। जब ये गाना सुना तो बोले कि क्या लिखा है और क्या कमाल का गीत बनाया। लिबास इस

जोड़ी की आखिरी फिल्म थी, पंचम, गुलज़ार के दोस्त और सबसे प्रिय सगीतकार थे। पंचम के साथ उन्होंने सबसे अधिक काम किया 21 फिल्मों मे, पंचम दा के जाने के बाद गुलज़ार साहब की जोड़ी बनी एक नए उभरते हुए संगीतकार विशाल भारद्वाज के साथ। दूरदर्शन पर प्रसारित होने वाले धारावाहिक जंगल बुक का टाइटल सॉग जंगल-जंगल बात चली है पता चला है। यह गीत गली-गली में गूंजा। बाद में विशाल के साथ माचिस, सत्या, मकबूल, ओमकारा, मटरू की बिजली का मंडोला, कमीने, साथिया, और भी कई फिल्मों के गीत लिखें।

अपने गीतों में गुलज़ार ने कुछ शब्द भी इजाद कियें हैं। चप्पा-चप्पा, चुपडी चुपड , छईयां छईयां, छईं छप्पा छईं, मय्या-मय्या, हुम-हुम शब्दों के प्रयोग से गीत और खास हो जाता है। गुलज़ार वैसे सब को भाते हैं पर युवाओं के बीच खासे लोकप्रिय हैं क्योंकि उनके पास युवा मन की सारी अभिव्यक्तियां हैं। जिंदगी को फूंक देने का जोश, दिल निचोड़ने का जज्बा, किसी को शिद्दत से अपना कह सकने की चाहत, उदास शाम का खालीपन और सबसे खूबसूरत, प्रेम को स्थान देने की सरल अभिव्यक्ति सिर्फ गुलज़ार साहब के पास ही है, जमाना बदला पर गुलज़ार साहब की कलम और तेज होती चली गयी, अब वे नए जमाने के हिसाब से गीत लिखने लगे और वो भी सुनने वालों के दिलों पर छाते चले गए, चल छैया-छैया, कजरारे-कजरारे, बीड़ी जलाई ले, जुबां पे लागा, बरसो रे मेघा, दिल तो बच्चा है जी, आदि।

जब गुलज़ार साहब फिल्मों में आये तब उस समय फिल्मों में गीतकार के तौर पर जगह बनाना आसान नहीं रहा होगा। गुलज़ार को उस समय साहिर लुधियानवी, शकील बदायुंनी, शैलेन्द्र, हसरत जयपुरी, मजरुह सुल्तानपुरी, आनंद बक्षी जैसे गीतकारों के बीच जगह बनानी पड़ी। गुलज़ार हिन्दी सिनेमा में शैलेन्द्र के सबसे ज्यादा करीब हैं। शैलेन्द्र को वो सबसे महान गीतकार मानते हैं। उन्ही के शब्दों में "मेरी राय में शैलेन्द्र हिन्दी सिनेमा में सबसे महान गीतकार हुए। इससे पहले डी.एन. मधोक थे। शैलेन्द्र कविता और गीत के अंतर को जानते थे। उन्होंने गीतों की साहित्यिकता कायम रखते हुए उसे आम आदमी के छंद में पेश किया।

साहिर साहब साहित्यिक कवि थे और रहे उन्होंने माध्यम को उतना

स्वीकार नहीं किया जितना माध्यम ने उन्हें।

“गुलज़ार साहब ने अपने समकालीन सभी संगीतकारों के साथ काम किया जैसे- सलिल चौधरी (आनंद, मेरे अपने), शंकर जयकिशन (सीमा), एस.डी. बर्मन (बंदिनी), हेमंतकुमार (खामोशी), मदनमोहन (मौसम), लक्ष्मीकांत प्यारेलाल (गुलामी), खययाम (थोडी सी बेवफाई, मुसाफिर), भूपेन हजारिका (हु तू तू, रुदाली), हृदयनाथ मंगेशकर (लेकिन), अनु मलिक (फिज़ा, अक्स, फिलहाल), शंकर एहसान लाय (बंटी और बबली, झूम बराबर झूम), ए. आर. रहमान (दिल से, गुरु, स्लमडाग मिलेनर)। नये संगीतकारों में उन्होंने सबसे ज्यादा विशाल भारद्वाज के साथ काम किया है।

युवाओं की रुचि का खयाल रखते हुए बीच-बीच में उन्होंने इस पृष्ठभूमि में कुछ अन्य प्रयोग भी किए, यद्यपि इसके लिए उन्हें आलोचना सहन करनी पड़ी। फिल्म ‘ओमकारा’ के ‘बीड़ी जलाई ले जिगर से पिया, जिगर में बड़ी आग है’, ‘झूम बराबर झूम’ के ‘किस ऑफ लव’, ‘बिल्लू’ के ‘मरजानी-मरजानी’ आदि गीतों की समीक्षकों ने काफी मजम्मत की। इस तरह की और रचनाएँ भी हो सकती हैं, जिन्हें गुलज़ार की शास्त्रीय छवि के अनुरूप नहीं माना, लेकिन उनका अपने सृजन के पाँच दशकों में इतना श्रेष्ठ काम है कि इस तरह के कुछ गीतों को - सिनेमा की व्यावसायिक चारित्रिकता को देखते हुए - नजरअंदाज किया जा सकता है। 1996 में आई फिल्म ‘माचिस’ में जब वे ‘छोड़ आए हम वो गलियाँ’ और ‘चप्पा-चप्पा चरखा चले’ लिखते हैं, तो अपनी मूल फितरत को ही शब्दों में ढालते दिखाई देते हैं। यह कटु सत्य किससे छुपा है कि बाजारवाद के इस अंधे युग में गुणवत्ता को बरकरार रखते हुए अपनी प्रासंगिकता को बनाए रखना किसी रचनाकार के लिए कितना चुनौतीपूर्ण कार्य है। इस दौर में भी गुलज़ार ने अपनी भावप्रवण रचनाओं से बार-बार साबित किया कि नए प्रतीकों को गढ़ना कोई उनसे सीखे।

अभिव्यक्ति के अनेक रूपों से जुडकर भी गुलज़ार ने अपनी शख्सियत को किसी एक चेहरे में नहीं सिमटने दिया। वे जिस भी रूप में सामने आए -सम्पूर्णता के साथ आए। अपने रचे एक-एक शब्द के साथ उन्होंने उतना ही न्याय किया, जितना परदे पर मचलते चरित्रों को निर्देशित करने में

किया। चाँद तो जैसे उनके बिम्बों का प्राणतत्त्व है। मौत से घबराकर जिंदगी के छूटते दामन को कसकर पकड़ लेने के भाव से अब तक न जाने कितनी नज़्में, कितने संवाद लिखे गए होंगें - लेकिन मौत से प्यार करके उसके सीने से लग जाने की ललक लिए अगर कोई कलम चली है, तो वह गुलज़ार की कलम चली है। 1971 में बनी फिल्म 'आनन्द' में राजेश खन्ना-आनंद सहग - की भावप्रवणता अगर लोगों को रुला गई। अमिताभ बच्चन- बाबू मोशाय - की लयात्मकता अगर दर्शकों को स्तब्ध कर गई तो इसके पीछे गुलज़ार के वे संवाद थे, जो इन दो महान् कलाकारों की जुगलबंदी को हिन्दी सिनेमा के इतिहास की अनमोल धरोहर बना गए।

कुछ संवाद 'जिन्दगी और मौत ऊपर वाले के हाथ में है जहाँपनाह, जिसे ना आप बदल सकते हैं - ना मैं...! ...हम सब तो रंगमंच की कठपुतलियाँ हैं, जिसकी डोर ऊपर वाले के हाथ बँधी है। ...कब, कौन, कैसे उठेगा? यह कोई नहीं जानता...।' '...क्या फर्क है सत्तर साल और छह महीने में...? मौत तो एक पल है बाबू मोशाय! ...जिंदगी बड़ी होनी चाहिए, लम्बी नहीं...!'

'मौत तू एक कविता है, ... मुझसे इक कविता का वादा है...! मिलेगी मुझको डूबती नब्जों में, जब दर्द को नींद आने लगे, जर्द-सा चेहरा लिए चाँद उफ्फ तक पहुँचे...! दिन अभी पानी में हो... रात के किनारे के करीब...न अँधेरा, ना उजाला हो..., ना आधी रात, ना दिन...! जिस्म जब खत्म हो और रूह को जब साँस आए..., मुससे इक कविता का वादा है...! मिलेगी मुझसे...!' राजेश खन्ना की मौत पर सारे देश के अखबारों ने, टीवी चैनलों ने जब इन संवादों को श्रद्धांजलिस्वरूप प्रकाशित-प्रसारित किया, तो यूँ लगा जैसे हर भावुक भारतीय मौत से डर नहीं रहा है, बल्कि उसके जादू को, उसके तिलिस्म को जीते-जी अनुभव कर रहा है...! यह कमाल गुलज़ार के लेखन का है, उनकी दिव्य-दृष्टि का है।

गुलज़ार को, उनके सृजन की खासियतों को और उनके सिनेमाई व अदबी अवदान को किसी निबन्ध की चौखट में जड़ देना कतई मुमकिन नहीं। इसके लिए तो हजार पन्नों की किताब भी छोटी पड़ जाए। इसी तरह यह भी मुमकिन नहीं कि गुलज़ार के लेखन की ऊँचाई, उसकी

गरिमा और उसकी अमूर्तता को जैसा अनुभूत किया जाए, वैसा ही प्रकट कर दिया जाए। यह उतना ही असंभव है जितना कि महीनों तपी हुई धरती की देह पर सारी रात बरसे बादलों से उसे जो अनुभूति होती है, जो सुख मिलता है - उसे लफ्जों की शक्ल में ढाल दिया जाए। गुलज़ार ने जो लिखा, जो रचा, उसकी प्रासंगिकता इसलिए अधिक है कि आज हम जिस युग में जी रहे हैं, उसमें आत्मीय संबंधों पर गंभीर संकट आ खड़ा हुआ है। हमारे युवाओं ने 'प्यार' और 'लव' जैसे पवित्र लफ्जों को बहुत औपचारिक रूप में देखना शुरु कर दिया है। गुलज़ार की कलम हमें एहसास कराती है कि 'प्यार' वस्तुतः हमारी आत्मा का प्रकाश है और इस प्रकाश में जब इंसान डूब जाता है, तो उसके लिए एक व्यक्ति नहीं समूची कायनात के लिए करुणा उमड़ती है।

नीली नदी के परे गीला-सा गुलज़ार का चाँद

अमरेन्द्र प्रताप सिंह पी-एच.डी. (शोधार्थी)

सिनेमा की सौ वर्ष से भी अधिक समय की इस यात्रा में गीत-संगीत तब से उसके साथ है, जब वह मौन से मुखर हुआ। हिंदी सिनेमा के गीतों से पूरा भारतीय समाज न केवल मनोरंजन करता रहा है अपितु ये गीत उसके सुख-दुख के साथी भी रहे हैं। हिंदी सिनेमा में साठ-सत्तर का दशक अपने विषयों के चयन, सामाजिक सरोकारों के कारण अगर स्वर्ण युग कहलाता है तो उसमें साहित्यिक दर्जे के गीतों का भी कम योगदान नहीं है।

साहिर, शैलेंद्र, मधोक, शकील, इंदीवर, कैफी आजमी, नीरज, प्रदीप, शहरयार और गुलज़ार जैसे काबिल गीतकारों ने सिनेमा के गीतों को साहित्यिक ऊंचाईयां दी फिर भी गीतों में इतनी सहजता और सरलता को बनाये रखा कि सामान्यजन को समझ आ सके। वह उन गीतों से अपने दुख का विरेचन कर सके। सुख का आनंद उठा सके। सिनेमा के गीतों की सबसे बड़ी खासियत यह रही है कि भारतीय संसति के सभी पहलुओं को उसने उकेरा है। मानवीय जीवन के सुख-दुख हों, तीज-त्योहार हों, पारिवारिक रिश्ते हों, प्रेम हों, बचपन हो, प्रति हो, सभी को सिनेमाई गीतों ने पुरजोर ढंग से अभिव्यक्त किया है।

हिंदी सिनेमा के गीतों की निरंतर यात्रा में हम आज ऐसे गीतकार की बात कर रहें हैं जिन्होंने सिनेमा के गीतों को एक नया कलेवर दिया, नई तरह की भाषा गढ़ी, नये शिल्प विधान गढ़ें, नये बिंबों का सृजन किया। सिनेमा में चले आ रहे सौन्दर्य, उपमा के पारंपरिक मानक को तोड़कर नये सौन्दर्य विधान रचे, नयी उपमाएँ दी, प्रति को करीब से देखा-टटोला, संवाद स्थापित किया, निर्जीव को भी शब्द दिये, ऐसे गीतकार का नाम है संपूरन सिंह कालरा जो सिनेमा के सुंदर वन प्रांतर में गुलज़ार नाम से हम सबके दिलों में एक स्थायी जगह बना चुके हैं।

सन् 1963 की अपनी पहली फिल्म 'बंदिनी' के मात्र एक गीत 'मोरा गोरा अंग लइले, मोहे श्याम रंग दइदे' से गुलज़ार ने अपनी सशक्त उपस्थिति दर्ज कराई। महान गीतकार शैलेंद्र के गीतों के बीच अपने एक गीत को इतनी सुघड़ता से रच पाने का साहस गुलज़ार ही कर सकते हैं। इस एक गीत में न जाने कितने पहलू छिपे हैं- जहां एक तरफ नायिका को प्रियतम से मिलने की बेताबी है वहीं लोकलाज का डर भी है। चाँद को उलाहना है तो रात से स्नेह भी है। लाज और मोह के बीच फंसी नायिका के द्वंद ने उसके निर्णय लेने की क्षमता को छीन लिया है। वह किंकर्तव्यविमूढ़ सी हो गई है, उसने जो पाया है न वह उसकी पहचान कर पा रही है, उसने जो खोया है न वह उसकी पहचान कर पा रही है। उसके मन ने उसे बावरी बना दिया है, ऐसे सुंदर भावों की सुंदर अभिव्यक्ति अन्यत्र दुर्लभ है।

सन् 1973 में खुद की निर्देशित पहली फिल्म 'मेरे अपने' के गीत 'रोज अकेली आये, रोज अकेली जाये, चाँद कटोरा लिए भिखारन रात' में गुलज़ार ने रात का नया मानकीकरण किया है, जैसा कि अधिकांश फिल्मी गीतों में रात या तो नायक-नायिका के उद्दीपन का हेतु बनकर आती है या भयावह काली डायन के रूप में दिखती हैं, जहां काले धंधे होते हैं। गुलज़ार ने रात को एक नया स्वरूप दिया, रात को भिखारन बनाया, चाँद को कटोरा बनाया, यह रात ऐसी भिखारन है जिसका आँचल मोतियों से भरा हुआ है, न जाने क्या मांगने को फिर रही है।

फिल्म 'खामोशी' के गीत 'हमने देखी है उन आँखों की महकती खुशबू' में गुलज़ार प्रेम के रुहानी स्वरूप की महत्ता को स्थापित करते हैं। रिश्तों में बांधकर प्रेम की स्वच्छंदता को वह बाधित नहीं करना चाहते। प्रेम जब रिश्तों में बंध जाता है तब उसकी सीमाएँ तय हो जाती है। वहां पर प्रेम की अखंडता नहीं रह जाती। प्रेम देशकाल परिस्थितियों से भी आगे है। बोल, आवाज और वक्त से भी आगे। यह ऐसा ज्योतिमयी पुंज है जो सदियों के खर्च होने पर भी नहीं चुकता, वह वादियों, फिजाओं में निरंतर बहता रहता है। यह एक शाश्वत स्वरूप है। इस तरह के भाव की अभिव्यंजना गुलज़ार ही कर सकते हैं।

फिल्म 'घर' का गीत 'आजकल पाँव जमी पर नहीं पड़ते मेरे बोलो,

देखा है कभी तुमने मुझे उड़ते हुए में स्त्री के मन की उमगी खुशी को गुलज़ार ने इस तरह से अभिव्यंजना दी है कि उसकी खुशी के आगे जमीन कम पड़ने लगती है। उसके खयालात आसमानी हो जाते हैं। प्रियतम से इतना नेह पाकर नायिका भाव विभोर हो जाती है। उसके आँखों को सपनों के पंख लग जाते हैं।

गुलज़ार के गीतों में कहीं लबों से मोगरे के फूल खिलते हैं, तो कहीं काँच के ख्वाब आँखों को चुभते हैं। दिन खाली बर्तन हो जाते हैं, रात अंध ा कुंआ बन जाती है तो कभी चाँद की बिंदी लगाए डोलती है, कहीं प्रियतम का नाम गुलमोहर हो जाता है तो कहीं शाम के गुलाबी आंचल में चाँद का दिया जलता है। कहीं किसी के आने से नूर आ जाता है। किसी के मिलने से किसी को जीने कि वजह मिल जाती है, कहीं किसी के पैरों के कंवल गिरते हैं तो किसी के कमर के बल पर नदी मुड़ती है। कहीं हँसी सुन-सुन कर फसल पकती है। यह गुलज़ार की कलम का ही कमाल है जो बेजुबान को जबान दे देती है और बेजुबान को तोतली बोली का तोहफा दे जाती है।

गुलज़ार के गीतों में जिंदगी के जद्दोजहद बड़े पैन के साथ व्यक्त हुए हैं, जहां अजनबी शहर में एक अकेला शक्स रात दिन दोपहर आबोदाना ढूँढता है, एक अदना सा आशियाना ढूढता है, जीने के सारे इरादे छोड़कर मरने का बहाना ढूंढता है। गुलज़ार के गीतों में वर्षा कई रूपों में है। कहीं यह वियोगिनी सजनी के आँखों से झिर-झिर बरसती है तो कहीं यह नेह का रूप लेकर रात भर टपकती है। कहीं आंखे ही सावन हो जाती हैं। कहीं काले बादल के गरजने से सजनी रात भर जागती है। सावन में बरखा बरस कर पल-पल प्रियतम के लिए प्रियतमा को पाने की इच्छा को तीव्र कर देती है। कहीं ये खारा पानी बन आँखों में भरी नींद खाली कर जाती है। गुलज़ार के गीतों में कुछ निश्चित उपमान और बिंब हैं जिनको वे बढ़ी शिद्दत से रखते हैं। चाँद, चाँदनी, रात, धुआं, दिन, दोपहर, सड़क, तिनका, माझी, हर्फ, लफ्ज, फूल, बादल, पल, लम्हा, सदी, हवा, डाल, पत्ते, पानी, बूँद, पहाड़ी, गाँव जैसे शब्दों का प्रयोग गुलज़ार के अधिकांश गीतों में रहता है।

गुलज़ार ने बाल मन की सुंदर कल्पनाओं को गीतों में पिरोया है।

'अल्ला मेघ दे, पानी दे', 'ऊपर वाला नीचे देखे और नीचे वाला ऊपर, किसी के मुँह में घी रख दे और किसी के मुँह में शक्कर', 'अ-आ, इ-ई, मास्टरजी की आ गई चिट्ठी', 'चुपड़ी-चुपड़ी चाची, चुपड़ी-चुपड़ी चाची', 'लकड़ी की काठी, काठी पे घोड़ा, घोड़े की दुम पे जो मारा हथौड़ा, दौड़ा-दौड़ा-दौड़ा घोड़ा दुम उठा के दौड़ा', जंगल-जंगल बात चली है पता चला है, चढ्ढी पहन के फूल खिला है', 'ओ पापड़ वाले पंगा न ले, थप्पड़ बजेगा पंगा न ले', 'मेरा टेसू यहीं अड़ा, खाने को मांगे दही बड़ा', 'नीली आसमानी छतरी', जैसे गीत अपने नये अंदाज एवं कौतूहल को पेश करते दिल पे छा जाते हैं। गुलज़ार के गीतों की बड़ी खासियत यह होती है कि वे बिंबों और शब्दों का चयन वायवी जगत में जाकर नहीं करते, अपितु रोजमर्रा की जिंदगी में काम आने वाली चीजों, वस्तुओं से निकालकर गीतों की शक्ल पहना देते हैं।

ओंकारा, इश्किया, बंटी और बबली, चुपके से जैसी फिल्मों के गीतों में 'बीड़ी जलईले जिगर से पिया', 'मैं चाँद निगल गई दइया रे', 'धम-धम धड़म धड़ईया', 'दिल तो बच्चा है जी', 'कजरारे-कजरारे तोरे कारे-कारे नैना', जैसे गीतों में हिंदी प्रदेश की मिट्टी की खुशबू, खुसूसियत और देशी सोंधापन है। ये गीत हिंदी प्रदेश की लोक भाषाओं के इतने करीब चले जाते हैं कि ये कहीं से भी फिल्मी नहीं लगते।

गुलज़ार के कई गीतों में सामाजिक, राजनीतिक व्यवस्था पर व्यंग भी है-'सलाम कीजिये, आली जनाब आयें हैं, यह पाँच सालों का देने हिसाब आये हैं। गुलज़ार के गीतों में उर्दू का प्रयोग बहुत सटीक हुआ है, जो देखते बनता है- 'उसकी जुंबा उर्दू की तरह, मेरी कायनात, मेरी शाम-रात, यार मेरा सईयां-सईयां (दिल से), जब एक कज़ा से गुजरो तो (देवता) दिल ढूंढता है फिर वहीं फुर्सत के रात-दिन (मौसम)। गुलज़ार के गीतों की सबसे बड़ी विशेषता है उनमें फलसफों का होना। तेरे बिना जिंदगी से कोई शिकवा तो नहीं (आँधी), नाम गुम जाएगा, चेहरा ये बदल जायेगा (किनारा), आने वाला पल जाने वाला है (गोलमाल), मुसाफिर हूँ यारों न घर है न ठिकाना (परिचय)।

गुलज़ार कभी-कभी गीतों की शक्ल कुछ ऐसी बना देते हैं जो हमारे

अंतस को छू के गुजर जाते हैं पर हम उनको शब्दों में बयां करना चाहें तो मुमकिन नहीं हो सकता। गीत 'देखना मेरे सर से आसमा उड़ गया है, देखना आसमा के सिरे खुल गये हैं जमीं पे (बंटी और बबली), 'हवाओं पे लिख दो हवाओं के नाम' (दो दूनी चार), 'इस मोड़ से जाते हैं,कुछ तेज कदम रस्ते, कुछ सुस्त कदम राहें' (आँधी), 'तन पे लगती है काँच की बूंदें' (आस्था), 'एक सदी से बैठी हूँ, इस राह से कोई गुजरा नहीं' (लेकिन), 'खाली हाथ शाम आयी है' (इजाजत), 'खामोश सा अफसाना पानी पे लिखा होता', 'सीली हवा छू गई, सीला बदन छिल गया' (लिबास), जैसे- गीतों के बारे में कुछ कहना सुनना अदना सा लगता है। इन गीतों को सुनकर हृदय में एक आनंद का झरना बहने लगता है। भावों को पंख लग जाते हैं। कल्. पनाएं सुरीली बांसुरी बनकर बजने लगती है। गुलज़ार साहब के इन गीतों पर न जाने कितनी पीढ़ियों ने अपनी उम्र गुजार दीं। आज भी इन गीतों में ताजगी और खनक मौजूद है। उनकी कल्पना शक्ति को सलाम करते हुए कुछ पंक्तियाँ अपनी तरफ से अपने पुरोधा को ट्रिब्यूट करता हूँ जो शायद मुझे थोड़ा सा गुलज़ार साहब के करीब ले जाए।

नीली नदी के परे खिला, गीला-सा गुलज़ार का चाँद। लगे हैं उड़ने धुएँ दूधिये, खुल गई है चाँदनी की माँद। नदी में कुछ कागज की नावें, वो आके उतारे चले गये, नाम से बचपन के मेरे, आ के मुझको पुकारे चले गए, ढांक के दोने में मिसरी की, डलियाँ पुल पे छोड़ गए, खेतों की ताजी, कौड़े में भूनी, मटर की फलियाँ छोड़ गए, सपनों का एक गाँव बसाया, ला नाव से गाँव में छोड़ गए, नीली नदी परे का गाँव, गाँव खिला गुलज़ार का चाँद। लगे हैं उड़ने धुएं दूधिये, खुल गई है चाँदनी की माँद।

आसान नहीं होता गुलज़ार हो जाना

अनिल कुमार पाण्डेय अस्सिटेंट प्रोफेसर,

गुलज़ार की पहचान वैसे तो प्रसिद्ध हिन्दी गीतकार के रूप में है लेकिन गुलज़ार को किसी एक खास कला में नहीं बल्कि फिल्म निर्माण और साहित्य से जुड़ी कई कलाओं और विधाओं जैसे पटकथा लेखन, फिल्म निर्देशन, नाट्यकला, कविता लेखन में महारत प्राप्त है। किसी व्यक्ति का एक कला में पारंगत होना स्वाभाविक है। लेकिन इतनी विधाओं में पारंगत होकर इन विधाओं को जीवंत कर देने का काम सिर्फ गुलज़ार ही कर सकते हैं। साहित्य एवम् फिल्मों में रुचि रखने वाला शायद ही कोई शख्स होगा जो कि गुलज़ार के नाम से वाकिफ ना हो।

गुलज़ार को बचपन से ही कविताएं लिखने का शौक था। लेकिन उनके पिता का मानना था कि कविता या फिर कहानी लिखकर आजीविका नहीं चलाई जा सकती है। गुलज़ार के लिए वे अपने रिश्तेदारों से कहा करते थे "ये भाईयों से उधार मांगेगा और गुरुद्वारा के लंगर में खाना खाएगा। "गुलज़ार का ज्यादातर बचपन दिल्ली में ही बीता। गुलज़ार अपने जीवन के संघर्ष के शुरुआती दिनों में दिल्ली के सब्जी मंडी स्थित पेट्रोल पंप पर काम करते थे।" परिवार के पास उनकी पढ़ाई के लिए पैसे नहीं थे। इसलिए उन्हें पेट्रोल पंप पर नौकरी करनी पड़ी। हवा में लहराती पेट्रोल की तेज खुशबू के साथ उन्होंने अपनी शायरी को कागज पर उतारना शुरू किया। बाद में रोजी-रोटी की तलाश और फिल्मों में करियर बनाने के लिए गुलज़ार दिल्ली से बंबई चले गए। जहां वे एक गैराज में बतौर मैकेनिक काम करने लगे और फुर्सत के समय कवितायें लिखने लगे। बिमल रॉय के संपर्क में आने के बाद उनके सहायक के रूप में गुलज़ार ने पटकथा और संवाद लेखन, संपादन, फोटोग्राफी आदि का ज्ञानार्जन किया और इसी समय गुलज़ार बांग्ला, अंग्रेजी और उर्दू की कालजयी साहित्यिक तियों के साथ ही इन भाषाओं के समकालीन लेखन से भी परिचित हुए। बाद में उन्हें हृषिकेश मुखर्जी और हेमंत कुमार जैसे नामचीन फिल्मकारों के साथ बतौर सहायक

काम करने का मौका मिला।

ऋषिकेश मुखर्जी के सहायक के बाद गुलज़ार ने कई सफल फिल्मों का भी निर्देशन किया है। गुलज़ार द्वारा पहली निर्देशित फिल्म 'मेरे अपने' थी जो कि सन् 1971 में आयी। 'मेरे अपने' सन् 1969 में आई प्रसिद्ध निर्देशक तपन सिन्हा की बंगाली फिल्म 'अपांजन' का रीमेक थी। वहीं सन् 1972 में आयी फिल्म 'कोशिश' को आलोचकों ने खूब सराहा था। यह फिल्म एक गूंगे बहरे दंपत्ति के जीवन पर आधारित थी। संजीव कुमार और जया भादुड़ी अभिनीत इस फिल्म के जरिये गुलज़ार ने भारी जोखिम उठाया था। जब यह फिल्म प्रदर्शित हुई उस वक्त समानांतर सिनेमा का ज्यादा चलन नहीं था, सिर्फ फॉर्मूला फिल्में का ही बोलबाला था। फिल्म 'कोशिश' बनाने की प्रेरणा गुलज़ार को हॉलीवुड फिल्म 'द साउंड ऑफ म्युजिक' से मिली थी। गुलज़ार निर्देशित 'कोशिश' इस बात को साबित करती है कि शारीरिक रूप से कमजोरी के बावजूद ये आम इंसान से किसी तरह कम नहीं होते हैं। यह बॉलीवुड की क्लासिक फिल्मों में से एक है। इसके लिए गुलज़ार को बेस्ट स्क्रीनप्ले के लिए राष्ट्रीय पुरस्कार भी मिला था।

गुलज़ार ने अभिनेता संजीव कुमार के साथ 'आंधी', 'मौसम', 'अंगूर' और 'नमकीन' जैसी फिल्में भी निर्देशित की। गुलज़ार की आरंभिक दो फिल्मों में तत्कालीन समय की सच्चाई को बेहतर समझा जा सकता है। 'मेरे अपने' और 'आंधी' में गुलज़ार ने जहां सत्ता के हथकंड़ों और उसके द्वारा नई पीढ़ी के गलत इस्तेमाल को रेखांकित किया, वहीं इस व्यापक हिंसा और अपराधीकरण के पीछे राजनीति के साथ-साथ सामाजिक व्यवस्था को कठघरे में खड़ा किया है। 'आंधी' गुलज़ार की बेहतरीन फिल्मों में से एक है। यह फिल्म हिन्दी के प्रसिद्ध साहित्यकार कमलेश्वर द्वारा लिखे गए उनके हिंदी उपन्यास 'काली आंधी' पर आधारित है। राजनीतिक ड्रामे पर आधारित इस फिल्म को कुछ लोगों ने पूर्व प्रधानमंत्री इंदिरा गांधी से जोड़कर देखा और आपातकाल के दौरान इस फिल्म पर प्रतिबंध भी लगाया गया था। इस फिल्म में गुलज़ार ने उस महिला की जद्दोजहद को दिखाया जो अपने राजनीतिक करियर को अपने प्रेम के स्थान पर प्राथमिकता देती है। ये दोनों फिल्में भारतीय हिन्दी सिनेमा में मील का पत्थर साबित हुईं, जिन्हें आम दर्शकों के साथ ही बुद्धजीवियों ने भी खूब सराहा। सन् 1975 में ही गुलज़ार

की 'आंधी', 'मौसम' के अलावा खुशबू भी प्रदर्शित हुई। फिल्म 'खुशबू' बांग्ला भाषा के प्रसिद्ध उपन्यासकार शरत चंद्र चटोपाध्याय के उपन्यास पर आधारित थी। इन फिल्मों की पटकथा, संवाद तथा गीत खुद गुलज़ार ने ही लिखे थे। सन् 1977 में उन्होंने बच्चों के लिए 'किताब' नामक फिल्म बनाई। बाल मनोविज्ञान को इतनी गहराई से अभिव्यक्त करने वाली फिल्में हिन्दी सिनेमा में दुर्लभ हैं। गुलज़ार की एक अन्य फिल्म 'किनारा' भी इसी वर्ष सिनेमाघरों में प्रदर्शित हुई थी। गुलज़ार को मीरा और कबीर बेहद पसंद हैं। इसी वजह से गुलज़ार ने हेमा मालिनी को लेकर 'मीरा' नामक फिल्म बनाई जो कि 1979 में प्रदर्शित हुई थी। साथ ही कबीर पर टीवी धारावाहिक भी निर्देशित किया। अपनी गंभीर फिल्मों के लिए पहचाने जाने वाले गुलज़ार ने सन् 1982 में भारत की बेहतरीन हास्य फिल्मों में से एक 'अंगूर' बनाई। यह फिल्म शेक्सपियर के नाटक 'द कॉमेडी ऑफ एरर्स' पर आधारित है।

गुलज़ार पर बिमल रॉय, बासु भट्टाचार्य और ऋषिकेश मुखर्जी जैसे निर्देशकों का प्रभाव है। लिहाजा गुलज़ार की फिल्में भी इन निर्देशकों के प्रभाव से मुक्त नहीं हैं। यही वजह है कि उन्होंने अपनी फिल्में सरल, मनोरंजक और दिल को छू लेने के अंदाज में पेश की जो कि सभी को आसानी से समझ में आ जाए। गुलज़ार की फिल्मों की ज्यादातर कहानियां साहित्य से ली गई हैं। 'परिचय' की कहानी बंगाली उपन्यास 'रंगीन उत्तरें' पर आधारित है। गुलज़ार निर्देशक के रूप में सत्तर के दशक में बेहद सक्रिय रहे हैं। बाद में धीरे-धीरे गुलज़ार ने फिल्में बनाना कम कर दिया। गुलज़ार द्वारा निर्देशित 'नमकीन' और 'इजाजत' बमुश्किल रिलीज हो पाई। सन् 1996 में गुलज़ार द्वारा निर्देशित फिल्म 'माचिस' को अच्छी सफलता मिली। 'हु तू तू' इनके द्वारा निर्देशित आखिरी फिल्म है। उनकी फिल्मों के पात्र भावुक और संवेदनाओं से भरे होते हैं। स्त्री-पुरुष संबंधों की बारीकियां गुलज़ार की विशेषता है। उनका दर्शन है कि कोई रिश्ता कभी खत्म नहीं होता, कोई रिश्ता कभी मरता नहीं है। हमेशा भावनाएं ही काम आती हैं। अंततः भरोसा और विश्वास की जीत होती है।

इनका साहित्य से पुराना नाता रहा है। उनकी पहली पुस्तक 'चौरस रात' लघु कथाओं के संग्रह के रूप में सन् 1962 में प्रकाशित हुई थी। इसके अलावा सन् 1963 में कविता संग्रह 'जानम', सन 1972 में कथा

संग्रह 'रावी पार', सन् 1997 में 'रात', 'चांद और मैं' तथा सन् 2002 में 'रात पश्मीने की, खराशें' प्रकाशित हुई। उनकी प्रतिभा को आंकना शायद सूर्य को दिया दिखाना जैसा होगा। वे आज किसी सम्मान के मोहताज नहीं है। उनकी प्रतिभा के लिए कई सम्मानों से नवाजा गया है। गुलज़ार को वर्ष 2002 में साहित्य अकादमी पुरस्कार से नवाजा गया था। सन् 2013 में फिल्मों में गुलज़ार के अप्रतिम योगदान को देखते हुए सिनेमा के क्षेत्र में दिये जाने वाले भारत के सर्वोच्च सम्मान दादा साहब फाल्के पुरस्कार से भी सम्मानित किया गया है।

गुलज़ार वास्तव में भारतीय सिनेमा के युगपुरुष हैं, इतनी बहुमुखी प्रतिभा (गीतकार, कथाकार, पटकथा लेखक, निर्माता, निर्देशक) एक साथ शायद ही किसी व्यक्ति में देखने को मिले। आज गुलज़ार अपने मिजाज के अनुरूप कविता लेखन का काम कर रहे हैं, साथ ही रवींद्रनाथ टैगोर की कविताओं का अनुवाद कर रहे हैं। कोई भी व्यक्ति अपने परिश्रम और लगन से किसी एक क्षेत्र में खास मुकाम हासिल कर सकता है। लेकिन वहीं कोई व्यक्ति अलग-अलग क्षेत्र में हाथ आजमाये और उनमें अलग-अलग खास मुकाम बनाता चले। यह गुलज़ार ही कर सकते हैं। उनके काम का दायरा अत्यंत ही विविध है। बावजूद इसके वे बिना थके और बिना खुद को दोहराए अपने सृजन के काम में अनवरत रूप से संलग्न हैं। इतने बृहद दायरे के साथ सृजन का वैविध्यपूर्ण कार्य तभी संभव हो सकता है, जब कोई सम्पूर्ण सिंह कालरा गुलज़ार में तब्दील हो जाए। लेकिन यह तब्दीली इतनी आसान नहीं है और ना ही आसान है किसी और का यूं ही गुलज़ार हो जाना।

शब्दों तले एहसासों की महक बिखेरता गीतकार "गुलज़ार"

आशुतोष श्रीवास्तव

नाम गुम जायेगा, चेहरा ये बदल जायेगा, मेरी आवाज ही, पहचान है, गर याद रहे सिनेमा ने जब बोलना सीखा तभी से इसकी जबान पर गीत सजने शुरू हो गये थे। इसमें छोटे से बड़े सभी गीतकारों (कवि प्रदीप, अनजान, कैफी आजमी, शैलेंद्र, मजरूह सुल्तानपुरी, साहिर लुधियानवी, राजेन्द्र कृष्ण, शकील बदायूनी, आनंद बक्शी, नीरज और जावेद अख्तर आदि) ने किसी दुल्हन के सोलह श्रृंगार की तरह उसे अपने अपने तरीके से सजाने, संवारने और निखारने का काम किया है। हिंदी सिनेमा में गीतों की जो इतनी लंबी परंपरा और विरासत हमें देखने को मिलती हैं, वो सब इन्हीं फनकारों की देन है। इन्हीं नायाब फनकारों के बीच हमारे जेहन में एक ऐसा गीतकार भी आता है जिसका अंदाजे बयां सबसे काफी जुदा और अपने दिल के काफी करीब सा लगता है। हिंदी सिनेमा के ब्लैक एंड व्हाईट दौर से लेकर कलर फिल्मों के इस युग में भी, जहां हम निरंतर तकनीकी रूप से विकसित होती इस दुनिया के मकड़ जाल में फँसते जा रहे हैं। ऐसे समय में भी ये अपने बेहतरीन गीतों के जरिये सीधा हमारे दिल के अतल में पहुँचकर हमें बड़ा सुकून सा देते हैं। इनके गीतों को सुनकर मानों ऐसा लगता है जैसे अपना कोई हमदम दिल अजीज दोस्त कंधे पर हाथ रखकर अपनेपन सा अहसास दिलाता है। उनके गीत लब पर आते ही मोगरे के फूल खिल उठते हैं और एहसासों की खुशबू से हमारे आसपास का माहौल महक उठता है। इनके इसी दिलकश अंदाज ने इन्हें हिंदी सिनेमा में ही नहीं बल्कि साहित्य में भी सबसे अलग पहचान दिलायी। हम बात कर रहें हैं मशहूर गीतकार संपूर्ण सिंह कालरा जी की। यानि की हमारे हरदिल अजीज गुलज़ार साहब।

देखो, आहिस्ता चलो, और भी आहिस्ता जरा, देखना, सोच-सँभल कर
जरा पाँव रखना, जोर से बज न उठे पैरों की आवाज कहीं।

काँच के ख़्वाब हैं बिखरे हुए तन्हाई में, ख़्वाब टूटे न कोई,

जाग न जाये देखो, जाग जायेगा कोई ख़्वाब तो मर जाएगा।

मैं कभी सिगरेट पीता नहीं मगर हर आने वाले से पूछ लेता हूं
कि माचिस है?

बहुत कुछ है जिसे मैं फूंक देना चाहता हूं।

गुलज़ार साहब की यही खासियत ही रही है की वे शब्दों की जादूगरी में बड़े माहिर हैं। एक-एक शब्द का वो भरपूर प्रयोग करते हैं। यूहीं बेवजह किसी भी शब्द को जाया नहीं जाने देते हैं। बच्चे, बूढ़े और नौजवान सभी के लिए अपने शब्दों के पिटारे से ऐसे ऐसे नजराने पेश किये हैं, जिसका जादू इन सबके ऊपर सर चढ़ कर बोल रहा है।

गुलज़ार साहब ने जिस तरह से 70 के दशक से लेकर अब तक हर पीढ़ी को अपना दीवाना बना रखा है, उससे अगर ये कहा जाए कि ये हिंदी सिनेमा में गीतों के सबसे बड़े खिलाड़ी हैं तो कोई अतिश्योक्ति नहीं होगी। इनके गीतों में शब्दों के जो बिंब व प्रतीक उभरकर सामने आते हैं, वे हमें एक अलग सी दुनिया में ले जाते हैं। उपमा, रुपक आदि अलंकारों का बड़ा ही अनूठा प्रयोग इन्होंने अपने गीतों में किया है और मानवीकरण में तो इनका कोई जवाब ही नहीं हैं।

वास्तव में इनके लिखे गीतों के शब्दों के रेंज की कोई सीमा नहीं है। इसकी भेदक क्षमता किसी मिसाइल की गति से भी अधिक तीव्र है। ये सीधा हमारे दिल पर दस्तक देती हैं। इनके गीत जहां एक तरफ आँखों से महकती खुशबू देख लेते हैं तो वहीं दूसरी तरफ कजरारे नैना से घायल कर इस दिल को इश्क का नमक चखाकर, प्यार के स्वछून्द लम्हों को रूह से महसूस कराती हैं। गोरे रंग के पीछे भागती फिल्मी नगरी को श्याम रंग में रंगने वाले पहले गीतकार गुलज़ार ही हैं। और तो और जिसके सर हो इश्क की छांव उसके पाँव तले जन्नत को रौंदने की कूवत और जिगर से बीड़ी

जलाने का हुनर तो सिर्फ और सिर्फ गुलज़ार जैसे गीतकार के पास ही हो सकता है।

सिनेमा के क्षेत्र में निरंतर इतने सारे गीतों के लिखने के साथ साथ कई फिल्मों का निर्देशन, पटकथा, संवाद लेखन में अत्यधिक सफल होने के कारण काफी समय तक गुलज़ार के साहित्यिक पहलू पर सबका ज्यादा ध्यान नहीं गया। चूंकि हिंदी सिनेमा से ही उनकी पहली पहचान थी तो बहुत समय तक साहित्य की दुनिया वे अनदेखे रह गए। बाद में जब 2002 में इन्हें इनके कहानी संग्रह 'धुआँ' पर जब साहित्य अकादमी पुरस्कार मिला तो सभी ने इनके साहित्य को भी बड़े चाव से देखना, सुनना और पढ़ना शुरू किया। उनकी कवितायें जानम, एक बूंद चाँद, कुछ नज़्में, कुछ और नज़्में, साइलेंसेस, पुखराज, चाँद पुखराज का, आट्म मून, त्रिवेणी, रात चाँद और मैं, रात पशमीने की, प्लूटो तथा यार जुलाहे में संकलित हैं। यही नहीं बच्चों के लिए भी बहुत सी किताबें लिखीं हैं जिनमें 'बोसकी का पंचतंत्र' सबसे पापुलर रचना है। गुलज़ार बच्चों पर लिखे गए रचनाओं को ज्यादा मुश्किल मानते हैं। वे कहतें हैं कि बच्चों के लिए लिखना कोई बच्चों की बात नहीं है। बाल पत्रिका चकमक में भी बच्चों के सवालों के जवाब देते गुलज़ार बहुत पड़ोसी से लगते हैं। साहित्य के लेखन के क्षेत्र में इनके द्वारा लिखे गए तीन पंक्तियों की त्रिवेणी ने कविता, नज़्म और शायरी में एक नई विधा को जन्म दिया है।

साहित्य और सिनेमा दोनों ही ऐसे माध्यम हैं जो अपने परिवेश, समाज और विचारधारा को व्यक्त करने में सबसे अधिक सक्षम है। इन दोनों विधाओं ने ही समाज को हमेशा से ही नवीन विचारों और प्रवृत्तियों से जोड़ा है। साहित्य और सिनेमा का संबंध देखें तो सिनेमा अपने आरम्भ से ही साहित्य का ऋणी रहा है। साहित्य की विभिन्न विधाओं को अपने में समाहित किए हुए एक साथ प्रस्तुत कर सिनेमा ने अपनी प्रभावशाली उपस्थिति और महत्ता को दर्शाया है। कविता, कहानी, उपन्यास, एकांकी और नाटक आदि को सजीव रूप से अभिव्यक्त करने के लिए सिनेमा सशक्त माध्यम रहा है। आज शायद ही समाज का कोई ऐसा क्षेत्र हो जो सिनेमा से प्रभावित न हो। इतना ही नहीं साहित्य की शक्ति को

सिनेमा सरलता से उन जनमानस तक पहुंचाने में भी मदद करता है जो पढ़ना-लिखना नहीं जानते। सिनेमा की ताकत ही यही है कि वह बिना शर्त एक बार में ही लाखों तक पहुंचने में सक्षम है। सिनेमा की पहुंच वहां तक है, जहां साहित्य दुर्लभ है। 500 रूपए के किसी उपन्यास पर जब 50 करोड़ की फिल्म बनती है तो वह तीस रूपए की सीडी में रूपांतरित होकर उनसे भी संवाद करती है जो साहित्य का मर्म नहीं समझते हैं।

भारतीय सिनेमा के इतिहास को पलट कर देखें तो सहज ही पता चल जाएगा कि साहित्य पर आधारित फिल्मों का निर्माण अपने प्रारम्भिक युग से ही आरम्भ हो गया था। भारतीय साहित्य के विभिन्न भाषाओं खासतौर से बंगला, संस्त, गुजराती, मराठी, तमिल और हिन्दी के अनेक साहित्यिक विधाओं का सफल सिनेमाई रूपान्तरण हुआ। 70 के दशक तक आते आते फिल्मकारों को यह बात समझ में आई कि कहीं न कहीं व्यवसायिकता सिनेमा के द्वार तक दस्तक दे चुका है। जाहिर है सिनेमा निर्माण एक ऐसी प्रक्रिया है जिसमें अपार धन लगाने और कमाने की बड़ी संभावना रहती है। इस दशक के बाद जो परिवर्तन हुआ उससे कहीं न कहीं भारतीय जनमानस में भी बदलाव हुए। धार्मिक और सामाजिक उपदेश देने वाली फिल्में लगातार अपनी धार खोती जा रही थीं। यह वहीं समय था जब भारतीय युवा उन्मुक्त प्रेम और हिंसात्मक फिल्मों की तरफ आकर्षित हो रहा था। ऐसे समय में गुलज़ार जैसे भावनात्मक कवि व लेखक का सिनेमा में आना उनके लिए कई तरह की चुनौतियों से भरा था पर गुलज़ार के पास एक ताकत थी, वह थी साहित्य और भाषा की समझ। जिसने न केवल एक साहित्यकार के रूप में अपनी रचनाओं के माध्यम से भावुकता और संवेदनाओं का मर्मस्पर्शी चित्रण किया वरन् हिन्दी सिनेमा में एक सफल फिल्मकार, गीतकार व संवाद लेखक के रूप में ऐसे मुकाम पर पहुंचा दिया है, जहां आज किसी का पहुंचना चुनौतीपूर्ण है। 70 के दशक से आज तक गुलज़ार ऐसे व्यक्तित्व के रूप में उभरकर हमारे सामने आते हैं, जिन्होंने व्यवसायिकता से भरे इस फिल्मी दुनिया में साहित्य की मशाल जलाए हुए है। इसी बात की पुष्टि करता हुआ कमलेश्वर के उपन्यास 'काली आंधी' पर उन्हीं के द्वारा निर्देशित फिल्म 'आंधी' का यह गीत है।

“इस मोड़ से जाते हैं
कुछ सुस्त कदम रस्ते
कुछ तेज कदम राहें।
पत्थर की हवेली को शीशे के घरोदों में
तिनको के नशेमन तक इस मोड़ से . . .”

या फिर ‘साथिया’ फिल्म का यह गीत “चोरी चोरी रात को खिड़की से नंगे पांव चांद आएगा।”

हिन्दी सिनेमा में भावनाओं और रिश्तों के क्षीण होते श्यों को देखकर गुलज़ार की याद बड़ी ही शिद्दत से आती है। एक बार राखी ने गुलज़ार से कहा - “अगर तुम्हारे पास ये कलम नहीं होती तो तुम बड़े साधारण आदमी होते।“ प्रति के साथ गुलज़ार का रिश्ता एकदम से उन्हें हिन्दी के छायावादी कवियों के समकक्ष लाकर खड़ा कर देता है पर उनकी चेतना किसी प्रगतिशील कवि सी झलकती है जब वे यह लिखते हैं-
“मां ने जिस चांद सी दुल्हन की दुआ दी थी मुझे आज की रात पुटपाथ से देखा मैंने रात भर रोटी नजर आया वो चांद मुझे।”

गुलज़ार की ऐसी हजारों पंक्तियां है जो उन्हें हिन्दी के सहित्यिक परिवेश से जोड़ती हैं। चाँद उनका सबसे प्रिय हमसफर है। वे अपनी रचनाओं में चाँद को आँख मिचौली की भांति खेलकर उसे कई रूपों में दर्शाया है। उनका लेखन व्यक्ति को भावना के चरम तक ले जाने में सक्षम है। वह अपने पाठकों और दर्शकों से एक ऐसा रिश्ता बना लेते हैं, जो उन्हें बार बार देखना चाहते हैं और पढ़ना चाहते हैं। कहना गलत ना होगा कि यह सारा जादू वह भाषा की छड़ी से करते हैं। भाषा उनके पास आकर अपने हजारों रूपों में निखर जाती है। भाषा का यह का यह तिलिस्म गुलज़ार की लेखनी की ताकत है। वह सिनेमा और साहित्य दोनों लेखन की बुनियादी शर्तों को बखूवी समझते हैं। यही वजह है गुलज़ार सिनेमा और साहित्य दोनों विधा में अपनी अमिट छाप के साथ उपस्थित हैं। उनकी यह उपस्थिति सिनेमा और साहित्य को मजबूत करने में सहयोगी है।

इस पूरे गीत का परिवेश बिल्कुल जाना पहचाना और हमसे परिचित भी है पर भाषा के अनूठे प्रयोग ने इसे विशेष बना दिया है। उनकी विशेषता ही यहीं है कि वह वर्षों से जाने पहचाने और घिसे पीटे विषय को भी अपनी भाषा की बुनावट से मनोरम बना देते हैं। कभी-कभी तो वे अपनी फिल्मों में भाषा का ऐसा प्रभाव पैदा कर देते हैं कि रिश्तों की महीन बुनावट को भी कविता की तरह प्रस्तुत करते हैं जहां पात्र कुछ ना कहते हुए भी बहुत कुछ कह जाते हैं। जिसे फिल्म 'इजाजत' के इस गीत के माध्यम से समझा जा सकता है.

"मेरा कुछ सामान तुम्हारे पास पड़ा है सावन के कुछ भींगे, भीगे दिन रखे हैं और मेरे इक खत में लिपटी रात पड़ी है वो रात बुझा दो मेरा वो सामान लौटा दो..."

इस दृष्टि से देखें तो गुलज़ार एक ऐसे सिनेमाई लेखन को जन्म देते हैं, जिसका मूल आधार साहित्य ही है। उनके पूरे लेखन पर नजर डाले तो बात स्वतः ही सामने आ जाती है। भले ही सिनेमा में जुड़े रहने के लिए उन्होंने 'इश्क कमीना' लिखा हो लेकिन उनके कवि हृदय में इश्क अपने पूरे वास्तविक वजूद के साथ मौजूद रहा जो जन्नत को पांव से रौदने की कूबत रखता है। कहना गलत न होगा कि गुलज़ार फिल्मों में गीत लिखने की कीमत चाहे जो भी लेते हैं पर जो रस उनकी रचनाओं में मिलता है उसकी कीमत दुनिया के किसी चेक से नहीं चुकायी जा सकती है क्योंकि व्यावसायिकता की सफलता गुणवत्ता की कसौटी नहीं होती। यह गुलज़ार बखूबी समझते हैं। यही बात उन्हें अपने समकालीन सिनेमा लेखकों से अलग करती है। इतिहास गवाह है कि कवि प्रदीप, कैफी आजमी, शैलेन्द्र, कमलेश्वर, साहिर लुधियानवी, राजेन्द्र ष्ण, शकील बदायूंनी, नीरज, जावेद अख्तर आदि ने सिनेमा को साहित्य से जोड़ने का कार्य किया जिसमें गुलज़ार इनके बीच की वो कड़ी हैं जो आरम्भिक समय से लेकर आजतक साहित्य और सिनेमा के संबंधों को मजबूती प्रदान करने में महत्वपूर्ण भूमिका अदा कर रहें है। उन्होंने इनकी परम्परा को बरकरार रखा और युवा पीढ़ी के लिए 'सिनेमा लेखन' की पाठशाला बने हुए हैं। गुलज़ार के संपूर्ण लेखन का अवलोकन करने से सहज ही पता चलता है कि वे अपने लेखन द्वारा आधुनिक सिनेमाई कीचड़

में साहित्यिक कमल खिलाने के लिए तत्पर हैं।

वैश्वीकरण के इस युग तक आते-आते सिनेमा के विषय वस्तु में न केवल घोर परिवर्तन हुआ बल्कि भाषा का भी व्यापारीकरण हुआ। दूसरे भाषा के दर्शकों तक पहुंच बनाने के उद्देश्य से फिल्मों के हिन्दी साथ अंग्रेजी के शब्दों का भी प्रचलन तेजी से बढ़ा। इतना ही नहीं हिन्दी का यह सिनेमा जिसमें कभी भारतीय समाज के आदर्श और यथार्थ अनेक रूपों में अवतरित हुए गाली गलौज पर उतर आया। गाली गलौज और दूसरी भाषाओं के प्रयोग को परिवर्तन का नाम देकर फिल्मकारों ने खूब धन कमाया लेकिन इन सब के बीच गुलज़ार ऐसे कवि व लेखक के रूप में सामने आते हैं जिन्होंने फिल्म के गीतों और पटकथा को उनकी भाव संपदा और शब्द संपदा को नवीनता और सूक्ष्म संवेदना दी। वो भी हिन्दी उर्दू शब्दों का प्रयोग कर जिसे सुनकर आज भी युवा वर्ग बिना थिरके नहीं रह पाता और जिनमें गुलज़ार का कवि हृदय भी अभिव्यक्त होता दिखाई देता है। उदाहरण के तौर फिल्म 'बंटी और बबली' के गीत 'कजरारे कजरारे' की दो पंक्तियां है। "तेरी बातों में किवाम की खुशबू है, तेरा आना भी गर्मियों की लू है।"

गुलज़ार की भाषायी संरचना ही हर बार उन्हें एक ऐसे गीतकार के रूप में स्थापित कर देती है, जो उन तमाम लोगों के लिए चुनौती बन जाते हैं, जो व्यावसायिकता के मद में चूर गीतकार जब 'भाग डी के बोस' और 'लैला तेरी ले लेगी'जैसे आईटम गीत लिखते हैं। वहीं गुलज़ार 'तेरे बिना बेसुवादी रतिया' और 'सांस में सांस मिली तो मुझे सांस आयी' जैसे गीत प्रेम के उन्मादी छड़ों के गीत हैं जो प्रेमी प्रेमिका के एकान्त को व्यक्त करते हुए अश्लीलता के बू से कोसों दूर हैं। गुलज़ार के यहां भाषा का एक नया व्याकरण है जो आम चलताऊ गीतों से अलग असर छोड़ता है। 'चार बज गए लेकिन पार्टी अभी बाकी है' का युवा भूमंडलीकरण की कोख से निकले है लेकिन

रात के ढाई बजे कोई शहनाई बजे
दिल का बाजार लगा ढेला तक पायी बजे

प्रेम में व्याकुल एक युवा की तड़प है जिसे सिर्फ गुलज़ार ही समझ

सकते हैं। उनके गीत भावुकता व संवेदनशीलता की चासनी में डूबे होते हैं। इसका आस्वाद हमें तभी आ सकता है, जब हम अपने आप को इस चासनी में डूबो सकें। व्यावसायिकता और लोकप्रियता हिन्दी सिने 'मां' के ऐसे दो पुत्र हैं जो हमेशा से उसके साथ रहे, जिन्होंने इन्हें समझने की कोशिश नहीं कि वह सिनेमा की दुनिया बाहर कर दिए गए। गुलज़ार ने इसको खूब समझा है इसीलिए वह इस तरह के गीतों को लिखते हैं लेकिन उसमें लिप्त नहीं होते हैं। कहना गलत न होगा कि भूमंडलीकरण के प्रभाव और सिनेमा की बदलती छवि ने गुलज़ार की गीतों से मौलिकता और हिलोर लेते भावनाओं को प्रभावित कर नहीं सके हैं। दो चार आइटम गीतों का हवाला देकर गुलज़ार के उन गीतों को इग्नोर नहीं किया जा सकता जो हिन्दी सिनेमा के फिल्मों की धड़कनों में धड़क रहे हैं। 'जय हो' लिखकर हिन्दी सिनेमा के पहले अंतर्राष्ट्रीय पुरस्कार के विजेता गुलज़ार इसीलिए विशेष हैं क्योंकि उनके गीत पर्सनल से सवाल करते हैं।' एक मुसाफिर की तरह लेखन की राह पर न जाने कितने ही मील के पत्थर को स्थापित करते हुए हिंदी सिनेमा में 50 से भी अधिक वर्षों तक इस मायानागरी पर यूं राज किया फिर भी उनका दिल अभी भी बच्चा ही हैं, जो अभी भी बहुत कुछ करने की ललक रखता है। ऐसे सदाबहार हरदिल अजीज गीतकार के लिए यही दुआ निकलती है की उसकी लेखन की ये गंगा ऐसे ही निर्बाध गति से बहती रहे और शब्दों तले एहसासों की महक सदा यूहीं हम पर बिखरती रहें।

‘खामखा लोग कहते हैं बचपन के दिन सुनहरे होते हैं’

दिव्यानन्द

‘किताब’ फिल्म एक बालक की कहानी है। बालक के साथ एक और दोस्त है। उसका जिगरी यार! ये दोनों अपने स्कूली दिनों में वह हर सुख और शौक पूरा करते हैं या करना चाहते हैं जो इन्हें अपने परिवार और स्कूल की निगाह में आवारा बनाते हैं। लेकिन निगाहों का क्या कीजिये! यही निगाहें थीं जिसने शरतचंद्र को आवारा ही समझा और उसके बारे में बात करने में भी अपनी तौहीन समझी, जिन दिनों विष्णु प्रभाकर ‘आवारा मसीहा’ की तैयारी में जुटे थे उन दिनों कई बंगाली भद्र मानुष उनके बारे में पूछने पर कहते, दो-चार आवारा, लोफरों, गुंडों को तो आप जानते ही होंगे। बस, वैसी ही उनकी जिन्दगी थी और उसी तरह की उनकी कहानी, उनकी कहानी अलग से लिखने की आपको क्या जरुरत पड़ गयी? और उनकी कहानी से आप समाज को क्या देंगे?आपको जितना आश्चर्य हो, कीजिये लेकिन हमारे ही समाज का एक खित्ता ऐसा था जो शरतचंद्र की भारी साहित्यिक प्रतिष्ठा के बावजूद ऐसा ही सोचता था और बेतकल्लुफ हो अपनी तंगजहनी को जाहिर करता था।

कहानी के ये दोनों बालक ऐसे हैं जो बड़े होने की तमन्ना से भरे हुए है। तभी एक कहता भी है, ‘सिगरेट के बगैर सोचने का मजा नहीं आता’। यह बात जरुर उसने अपने आस-पास के किसी बड़े आदमी से सुनी होगी। लेकिन सिगरेट पीते हुए सोचना क्या है, इसे वह अपने तरीके से सोचता है कि स्कूल से बंक मारने का जोरदार बहाना क्या हो सकता है? कहानी में एक क्राफ्ट है। बालक वर्तमान में जिस गतिविधि में मुब्तिला होता है या उसके आस-पास के माहौल में कुछ ऐसी घटना हो रही होती है, जो उसे अपने अतीत में ले जाती है। फिल्म एक ही साथ वर्तमान और पूर्वदीप्ति के सामानांतर प्रविधि का सहारा लिए आगे बढ़ती है। 1977 में कहानी कहने

की यह प्रविधि हिंदी सिनेमा या कथा-कहानी के लिए नई नहीं है लेकिन कई बार जब इसका संयोजन ठीक से नहीं हो पाता तो कहानी ऐसे दीवार की तरह हो जाती है जिसके जगह-जगह से चकत्ते उखड़ गए हों। यह फिल्म पूर्वदीप्ति के सही संयोजन के लिहाज से भी एक सुंदर मिसाल है।

फिल्म की शुरूआत बालक के अपने दीदी के घर से भागने के साथ शुरू होती है। भागने में उसकी मदद भारतीय रेल करती है। मैं सोचता हूं, अगर यह रेल न होती तो कितने ही लोग अपने घर से भाग नहीं पाते और उस दुनिया में नहीं जा पाते जो उनका गंतव्य है। हिन्दुस्तान में भागने का एक समाजशास्त्र भारतीय रेल के साथ नत्थी है, जिसका रोचक अध्ययन हो सकता है। इस यात्रा में बालक को भारतीय रेल के सौजन्य से, जो अब बुलेट जेनरेशन होने वाली है, ऐसे सभी श्य मिल जाते हैं जो उसे अपने अतीत से जोड़ देते हैं। इस तरह रेल आगे बढ़ती है और बालक की कहानी बार-बार पीछे जाती है। कहानी में ये दो विपरीत गतियां एक साथ अस्तित्व में आती हैं।

मुझे याद नहीं और किसी हिंदी फिल्म में रेल की इतनी सारी छवियां हो। ये वो जमाना था जब लोग अपने यात्रा की सुभीता के लिए साथ में पानी के मटके लिए चलते थे। उस समय हमारे वक्त की तरह पानी बिकाऊ चीज नहीं हुआ करती थी। इस तरह फिल्म गुजस्ता अहद के कई छोटे-छोटे जीवन चित्र दरपेश करती हुई बढ़ती है और फिल्म में रेल यात्रा उसका एक बड़ा माध्यम बनता है। रेल यात्रा हमें जीवन के कई ऐसे टुकड़े दे जाता हैं, जिनका अन्यथा हमसे परिचय नहीं हो पाता।

फिल्म का बाल किरदार लेखक है, वह वही लिखता है जो उसके आस-पास घट रहा है। अपने को प्रकट करना कलाकारी है और इसके लिए कई माध्यमों में से एक लेखन है। इस बाल लेखक को देखकर बहुत ही आराम से कोई यह समझ सकता है कि लेखक कौन होता है? जो सवाल करना जानता हो, बिना किसी से प्रभावित हुए अपने विचारों के लिए तर्क करना जानता हो। वह कभी भी तबियत से अपने कोर्स की चीजें नहीं पढ़ता लेकिन डायरी में- जब भी वक्त मिलता है, अपने सवालों और शंकाओं के साथ एक सफर पर निकल पड़ता है और इस निष्कर्ष पर पहुंचता है कि

"ये दुनिया हमारी मुश्किल नहीं समझती"।

वह स्कूल नहीं जाना चाहता और इस चाहने की वैधता में रवीन्द्रनाथ ठाकुर की मिसाल लाता है या जादू वाले को याद करता है जो कभी स्कूल नहीं गया। लेकिन उसका करतबी इल्म इन बच्चों को हैरत में डाल देता है। उसे लिखने के साथ-साथ संगीत भी पसंद है। फिल्म में पंडित रविशंकर का सितारवादन रिकॉर्ड पर सुनकर वह खिंचा चला आता है। वह भी सितार सीखना चाहता है लेकिन यह सुनकर हताश हो जाता है कि सितार सीखने के बावजूद उसे स्कूल नाम के भूत से मुक्ति नहीं मिलेगी।

यह फिल्म बहुत ही खामोशी से आपसे यह जानना चाहती है कि वर्तमान सभ्यता में क्या बच्चों के लिए स्कूल का कोई विकल्प हो सकता? स्कूल हमने सुना कि सीखने की जगह होती है। सभी बच्चे सचमुच सीखना चाहते हैं। इसलिए उनके पास इतने सवाल होते हैं कि हमें जवाब नहीं सूझता और हम थोड़ी ही देर बाद बच्चों पर झुंझलाना, डपटना शुरू कर देते हैं। बच्चे स्कूल उत्साह से जाना शुरू करते हैं। उन्हें लगता है वह कोई मजेदार जगह होगी लेकिन फिर ऐसा क्या हो जाता है कि सीखने की जगह स्कूल इन बच्चों के लिए एक शिविर बनता जाता है, जहां इनके सीखने की हुनर देखते-देखते जिबह हो जाती है। और अपनी जिन्दगी में सबसे पहले उन्हें नफरत की भावना का एहसास इन स्कूलों और सिलेबसों के माध्यम से मिलता है। धीरे-धीरे ये होता है कि नफरत का केंद्र गतिशील होकर स्कूल, कॉलेज, कैरियर से होते हुए बच्चों के अपने व्यक्तित्व पर टिक जाता है। खुद से नफरत उनकी जिन्दगी को बेनूर कर देती है और हम देखते हैं कि एक सफर अपने ही रास्तों में उलझकर कहीं खो जाता है। फिल्म के एक दृश्य में डॉक्टर और बच्चे की दीदी का संवाद है। यह संवाद उसी क्रायसिस की एक झलक देता है जो आज बचपन निगल जाने को आमदा है। इसे हमने अगर सिर्फ शिक्षा व्यवस्था का संकट समझा तो गलत समझाद्य यह संकट अब हमारे जीवन का एक हिस्सा हो चुका है।

"डॉक्टर साहब इतने से बच्चे को क्या टेंशन हो सकता है" "बच्चों के टेंशन बहुत सख्त होते हैं। Very intensive- Don't take them for granted-"

“अभी से ये हाल है। बड़ा होकर क्या भाड़ झोकेगा!”

“मिसेज गुप्ता, हम बच्चों की तालीम में बहुत भूल करते हैं। टीचर्स भी, मां-बाप भी बच्चों को जिन्दगी से डराकर रखते हैं कि पढ़ों नहीं तो ठेला खींचोगें भाड़ झोकोगे, बड़े होकर जैसा कि आपने अभी कहा जिन्दगी क्या हौवा है या राक्षस है, जिससे बड़ा होकर मुकाबला करना होगा। हम ये क्यों नहीं कहते, जिंदगी जूलियट की तरह खूबसूरत है। उसे पाने के लिए अपने-आप को काबिल बनाओ। जिंदगी एन्जॉय करने के लिए है। पढ़-लिखकर तैयार हो जाओ, बड़ा होकर बड़ा मजा आएगा, बड़ी निगेटिव एप्रोच है हमारी”।

बच्चे वो जानना चाहते हैं, जिसमें उनकी रूचि होती है न कि वो जो हम उन पर थोपते हैं। वरिष्ठ शिक्षाशास्त्री ष्ण कुमार कहते हैं, शिक्षा एक धीमी प्रक्रिया होती है, अतः उसके सेहत बिगड़ने के दुष्परिणाम भी धीरे-धीरे प्रकट होंगे और समाज और देश को लंबे समय तक झेलने होंगे। जब गुलज़ार ने ये फिल्म बनाई थी तब ये खबर आम नहीं थी कि फलां शहर या प्रांत में कई बच्चों ने रिजल्ट आने के बाद आत्महत्या कर ली। लेकिन आज ये खबर सड़क दुर्घटना की तरह आम है। इसी साल मई महीने में मध्य प्रदेश शिक्षा मंडल और स्कूल शिक्षा के केन्द्रीय बोर्ड के परिणाम आए। कम अंक पाने या परीक्षा में पास न हो पाने की वजह से 30 बच्चों ने आत्महत्या कर ली। वर्ष 2014 में कुल 2403 बच्चों ने आत्महत्या की। और 2000-2014 के बीच खुदकुशी करने वाले बच्चों की कुल संख्या 31.877 है। भारत में आज हर रोज 6 बच्चे इम्तहान में पास न हो पाने के कारण आत्महत्या कर रहे हैं। ये सभी आंकड़े राष्ट्रीय अपराध अनुसंधान ब्यूरो के हैं।

फिल्म में बालक द्वारा रवीन्द्रनाथ ठाकुर का नाम स्कूल के संदर्भ में लिया जाना अनायास नहीं है। वह एक मंतव्य है, जिसे समाज को समझना था या उसपर कम-अज-कम बहस करनी थी। लेकिन भारतीय समाज में ये अभी संभव नहीं दिखता क्योंकि हमारे सामने बच्चों के आत्महत्याओं का एक भारी आंकड़ा है, जिससे होकर हम अभी चुपचाप गुजर जा रहे हैं, हमें कोई हैरानी नहीं हो रही। इन मासूमों की क्रूर हत्याओं में अपने खून सने हाथों को हम नहीं देख पा रहे हैं। यह नहीं मानना चाहते कि इन हत्याओं

के हम अभियुक्त हैं। कोटा, दिल्ली, इंदौर, मुंबई से होते हुए अब ये चलन गांवों में पसर रहा है। लेकिन समाज ने बच्चों पर एक भारी दांव लगा रखा है और इतनी जल्दी वह अपनी टेक नहीं छोड़ना चाहता।

'तारे जमीं पर', 'थ्री इडियट्स' ने इसी जमीन को छुआ था और इन फिल्मों से मुद्दतों पहले 'किताब' ने इस विषय को हमारे सामने प्रस्तावित किया था। लेकिन हमें सुध नहीं थी, वो आज भी नहीं है। कबीर ने इसी को 'साधो, देखो जग बौराना' कहाद्य पाब्लो नेरुदा की कविता है,

"हमारी सारी प्रगति और

आधुनिकता बेकार है, अगर हम इन

नन्हें फूलों को बचा नहीं पाए"

रेल भारतीय जीवन का एक जाना-पहचाना कोना है, जिसमें प्रायः सभी कुछ देर या दिन के लिए आ दुबकते हैंद्य रेल को आते-जाते देखना मुझे बचपन से अच्छा लगता रहा है। मैं आजतक ठीक-ठीक नहीं समझ पाया कि इस अच्छा लगने के पीछे कौन-सा रूझान काम करता है। मैंने कई उम्ररसीदा लोगों को एकदम विभोर होकर अपने दिनों के रेल को याद करते हुए देखा है। वे उन दिनों के स्टेशन के अपने इंतजार की यादों में इस तरह खो जाते हैं, जैसे अभी फिलहाल उससे बाहर नहीं आना है। उन्हें इंजन का धुआं बेतरह याद आता है, जो अब लगभग खत्म होने की कगार पर है। अभी 'नया ज्ञानोदय' में अशोक भौमिक अपने संस्मरणों की श्रृंखला पूरी कर रहे हैं और उसका नाम है, 'जीवनपुर हाट जंक्शन'। आप क्या सोचते है?क्यों उन्होंने किसी स्टेशन का उनवान रखा है?हमारे जीवन में एक पटरी बिछी हुई है और रेल उसके बहुत अंदर तक घुसी हुई है। जीवन के बीच में कोई एक ठहराव है, शायद वह जीवनपुर हाट हो।

फिल्म में रेल एक चरित्र के तर्ज पर नुमायां है। फिल्म का आगाज ही इसकी एंट्री के साथ होता है। अलग-अलग शेड्स से उसकी छवि को पकड़ने की तरतीब की गयी है। एक छवि जो याद रखने लायक है, जब कि फिल्म का दूसरा गाना खत्म होने को है और रेल की खिड़की से आता प्रकाश बाहर के अंधकार में मिलकर लहराते पानी का श्य निर्मित करता है

और यह निर्मित होना एक छोटे-से लम्हे के लिए है लेकिन वह लम्हा छोटा होकर भी पूरा है। लगता है, रौशनी का लहराता हुआ कतरा अंधेरे के सागर में तैर रहा होद्य रेल का यह किरदार ऐसा है जो अपनी गतिशीलता में कम समय में ज्यादा तरह के स्पेस से हमें जुड़ने का मौका देता है। वह कभी किसी पुलिया को पार करता है, कभी एक छोटी-सी घाटी की नींद को अपनी रफ्तार से जगा देता है और कभी उसकी भागती हुई गति हमें किसी नदी में दिखती है। इस तरह पहाड़, दरिया, जंगल, गांव-शहर, छोटे-बड़े स्टेशन और दिन-रात की बदलती हुई रौशनी मिलकर एक बड़े स्पेस की रचना करती है और इस स्पेस का सरकता हुआ कैनवास हमें रेल की खिड़की से एक ऐसी दुनिया में ले जाता है जहां हमारी भावनाएं सुपरफिशियल होती हैं और उसका एक अलग सुख होता है।

फिल्म का पहला गीत एक भजन है। उप शास्त्रीय मुद्रा का यह गीत गुलज़ार का एक पहलू है। फिल्म का दूसरा गाना गुलज़ार का दूसरा पहलू है जो बाद की फिल्मों में 'चल छैयां छैयां छैयां छैयां' की शक्ल में हमारे सामने आता है। फिल्म का नाम भी हमें आकर्षित करता है। यह नाम उसी तरह है जैसे प्रेमचंद अपनी कहानियों या उपन्यास का नाम रखा करते थे- छोटा और सार्थक। फिल्म का सबसे खूबसूरत पक्ष उसके चुस्त संवाद हैं। कहीं कोई झोल नहीं। बाल मनोविज्ञान पर हिंदी फिल्मों की चाहे जितनी छोटी सूची बनाई जाए, 'किताब' का नाम उसमें होगा।

एहसासों के जहीन खजांची

हरिनाथ कुमार 'शोधार्थी,

22 नवंबर, 2014, 45वें अंतरराष्ट्रीय फिल्म महोत्सव गोवा का तीसरा दिन। दिन शनिवार। शाम के साढ़े पांच बज रहे थे। मैक्निज पैलेस का प्रथम प्रेक्षागृह। फिल्म प्रेमियों से खचाखच भरा हुआ। मंच से फिल्म महोत्सव निदेशालय के विशेष प्रयास को धन्यवाद देते हुए, संचालक की भूमिका में निर्देशक विशाल भारद्वाज प्रदर्शित होने वाली फिल्म 'लिबास' के बारे में बता रहे थे कि किन कारणों से यह रिलीज न हो सकी। उसी दरमियान इस फिल्म के निर्देशक सफेद लिबास में मंच पर उपस्थित होते हैं। तालियों की गड़गड़ाहट से हॉल गूंज उठता है और मेरी आंखें मंच पर सफेद लिबास में लिपटे शख्सियत को पहचानने में कोई देरी नहीं करती हैं। वह हैं गुलज़ार साहब। औपचारिकताओं के बाद वे जब यह बताते हैं कि निर्देशन के 25 साल बाद वह भी इस फिल्म को पहली बार देखने वाले हैं तो हम जैसे फिल्म प्रेमियों का दिल गदगद हो जाता है कि हम भी इस फिल्म को निर्देशक गुलज़ार साहब के साथ देखेंगें और ऐतिहासिक पल का गवाह बनेंगे। इतना ही नहीं उनकी नज़्मों पर आधारित एक मराठी फिल्म 'मित्र' को भी उनके साथ देखने का मौका मिला और कुछ गपियाने का भी। फिलवक्त अपनी गप्पेबाजी छोड़ उनके बारे में।

एहसासों के जहीन खजांची संपूर्ण सिंह कालरा उर्फ लफ्जों के कारीगर यानी कि गुलज़ार साहब। गुलज़ार नाम तो एक ही है। लेकिन उनके काम अनेक हैं। आखिर उन्हें आप क्या कहकर संबोधित करेंगें? महान गीतकार, फिल्मकार, शायर, कहानियों को पिरोनेवाले अफसानानिगार, और अपनी गंभीर लेकिन जादुई आवाज और अंदाज से बेजान वाक्यों को भी जिंदादिल बनानेवाले नरेटर, कमेंटेटर, और स्टोरीटेलर? न जाने कितने हुनर-फन और अदा से नवाजा है उन्हें खुदा

ने। इंसान टैलेंट, परिश्रम और लगन से किसी क्षेत्र में खास मुकाम हासिल करता है लेकिन अगर कोई इंसान अलग-अलग क्षेत्रों में हाथ डाले और उनमें अलग-अलग खास मुकाम बनाता चले तो उन्हें हम गुलज़ार ही कहेंगे। अगर आप गुलज़ार के काम का दायरा देखें तो यह यकीन नहीं होता कि कि ऐसा शख्स है जो इतनी सारी विधाओं में लगातार काम कर रहा है। बिना थके और बिना खुद को दोहराए। काम भी ऐसा कि कहीं कोई झोल नहीं। दरअसल गुलज़ार साहब जिस भी विधा में सक्रिय हुए हैं, उसमें अपनी गहरी छाप छोड़ी है। उम्र के अंतिम पड़ाव पर न तो उनकी कलम रुकती है और न ही उन पर लिखनेवालों की कलम रुक सकती है।

"चेचिस की तारीख पूछ लो कब की मैन्युफैक्चर है वह वरना अक्सर ठग लेते हैं, गाड़ियां बेचने वाले! मेरी चेचिस की तारीख अट्ठारह अगस्त उन्नीस सौ चौंतीस है।" गुलज़र के किसी किताब के पहले पन्ने पर इससे बेहतर और क्या लिखा हो सकता है। कोई चाहे तो इसे उनके जन्मदिन की सूचना भर मान ले, और चाहे तो उम्र और तजुर्बे के रिश्ते पर तफसील से सोचने बैठ जाए। यह सही है कि कई बार गुलज़ार का भाषाई पक्ष ही इतना आकर्षित कर देता है कि कथ्य से एकबारगी ध्यान छूट जाए। सब जानते हैं कि गुलज़ार खालिस इंसानी अनुभवों को लफ्जों की तश्तरी के सहारे बरसों से हमारी ओर सरकाते चले आ रहे हैं। तब से, जब वह खुद शोख हुआ करते थे। लेकिन यह गुलज़ार साहब है जो कभी आंखों से पर्सनल से सवाल कर, कभी जिगर की आग से बीड़ी जलाकर, तो कभी रात की मटकी से गुडलक निकालकर हर रूह को 'गुलज़ार' कर देते हैं।

'बचपन' का कालजयी एहसास

बच्चों के लिए जितना काम गुलज़ार साहब का है, बड़े से बड़ा साहित्यकार भी उनसे प्रेरणा ले सकता है। बोस्की का पंचतंत्र जैसी नायाब ति भारतीय बाल साहित्य में अहम स्थान रखती है। शायद ही किसी ने अपनी कल्पनाशीलता की दुनिया में फूलों को चड्डी पहने देखा होगा- लेकिन बात जब गुलज़ार साहब ने बच्चों तक पहुंचायी तो बच्चे भी मान बैठे कि हां, फूल चड्डी पहन कर ही खिलते हैं। जब वह बच्चों के लिए

लिखते हैं तो खुद एक बच्चे की तरह नजर आते हैं। गौर करि,- लकड़ी की काठी, काठी पे हथोड़ा, और अ आ इ ई, अ आ इ ई मास्टर जी की आ गई चिट्ठी' जैसे गानों पर। क्या कोई प्रौढ़ या बुजुर्ग लेखक लिखते वक्त बिना बच्चा बने ऐसा लिख सकता है?

इश्क की 'गुलज़ार' कायनात

गुलज़ार के गीतों की हसीन दुनिया में सैर करना इ'क की कायनात पाने सरीखा है। यहां प्रेम सिर्फ प्रेम नहीं और दर्द सिर्फ दर्द नहीं बल्कि वह गुलज़ार की रुह से निकलकर गालिब के घर का पता पूछता हुआ चांद के चौबारे तक जाता है और जहां से हमेशा ही सावन के कुछ भीगे-भीगे दिन व खत अपने शायर के पास वापसी का बेसब्री से इंतजार करते हैं। यही इश्कियां उनकी रचनाओं में हरदम मौजूद रहता है। इसीलिए, वे आज भी अपने गीतों में सांस में तेरी सांस मिली तो मुझे सांस आई मुझे सांस आई---(फिल्म जब तक है जान) जैसी रोमानियत ले आते हैं या फिर यह कहते मिल जाते हैं कि डार्लिंग आंखों से आंखें चार करने दो---(फिल्म सात खून माफ)। इतना ही नहीं बीड़ी भी जिगर से जला लेते हैं। इससे पहले बीड़ी को लेकर हमारे मन में जो छवि थी, उसमें काले होंठ थे, खांसी थी, झुर्रियों वाली उंगलियां थीं। लेकिन आपने सब पलट दिया- बीड़ी को मलिनता से उठाकर इश्क से रफू कर दिया- उस वक्त लगा कि बीड़ी पीने के बाद बिपाशा सी नमकीन नायिका भी आपके साथ नाच सकती है।

गुलज़ार पर चिंगारी

हालांकि इस पूरे सफर में गुलज़ार पर दूसरों के नकल के आरोप भी खूब लगे। चाहे वो 'इब्ने बतूता, पहन के जूता' वाला गाना रहा हो या फिर 'ससुराल गेंदा फूल'। गालिब के शेरों का तो गुलज़ार इतना इस्तेमाल कर चुके हैं कि खुद ही कहते हैं कि वह गालिब के नाम की पेंशन खा रहे हैं जो खुद गालिब नहीं ले पाएं।- गुलज़ार ने लिखा है कि गालिब का उधार लेना और उधार न चुका सकने के लिए बहाने तलाशना, फिर अपनी खफ्ती का इजहार करना जज़्बाती तौर पर उन्हें गालिब के करीब ले जाता है। हालांकि बार-बार उन्होंने यह साबित किया है कि वह नकल करने में भी

खूब कामयाब रहे। गुलज़ार साहब इस मामले में भी धनी रहे हैं कि उन्हें भरपूर सम्मान मिला है। उनके चाहनेवालों की संख्या करोड़ों में है। जहां उन्हें फिल्मों में रचनात्मक कार्य के लिए कई बार राष्ट्रीय पुरस्कारों से नवाजा जा चुका है, वहीं वे साहित्यिक लेखन के लिए साहित्य अकादमी अवार्ड से भी सम्मानित हुए हैं। ऑस्कर अवार्ड पाने वाले वे पहले भारतीय गीतकार हैं।

साधना की सिद्धि हैं गुलज़ार

लखन रघुवंशी

गुलज़ार साहब की कहानियां और उनके किरदार उनके आसपास के हैं। इसलिए वे अधिक अपने और सजीव लगते हैं। त्रिम नहीं लगते। गुलज़ार साहब की कहानियों में कथानक कम शब्दों में भी अपना समग्र प्रभाव छोड़ने में सक्षम है। इसलिए उनकी अधिकांश कहानियों को लघुकथा कह सकते हैं। इनमें जीवन की गहराई है। संबंधों का तानाबाना है। लड़ाई है तो प्रेम और अलगाव भी है। नासममझी है तो पश्चाताप भी है।

गुलज़ार साहब की कहानियों को पढ़ना अतीत के उन दिनों में लौटने जैसा है जहां घर के बड़े बुजुर्ग बच्चों को कहानियां सुनाते थे और अंत में पूछते थे बताओ इस कहानी से तुम्हें क्या शिक्षा मिली? और बच्चे उस कहानी के विभिन्न पहलुओं में अपना उत्तर ढूंढते रहते थे। क्योंकि कहानी का कोई एक पक्ष नहीं होता। कम ही कहानियां ऐसी होती हैं, जो सीधे तौर पर सही और गलत के फैसले सुना देती हैं। आज की कहानियों के कई पहलू हैं। हर व्यक्ति अपनी सोच और मानसिकता के अनुसार उनमें अपना उत्तर ढूंढता है।

फिल्मों और गीतों में जिस तरह गुलज़ार ने गंभीरता के साथ रिश्तों का तानाबाना बुना है। ठीक वैसा ही उनकी कहानियों में भी देखने को मिलता है। उनके कहानी संग्रह रावी पार और जीना यहां में कई कहानियां ऐसी हैं, जो आकार में छोटी होते हुए भी पाठक को भावविभोर कर देने की पूरी क्षमता रखती हैं। गुलज़ार अपने किसी भी अनुभव को व्यर्थ नहीं जाने देने देते हैं। जीवन को लेकर उनके अच्छे और बुरे अनुभव उनकी कहानियों में पढ़ने को मिलते हैं। गुलज़ार की कहानियों का एक सकारात्मक पक्ष यह भी है कि उनकी कहानियां कभी हताश नहीं करती। उनकी कहानियों में मृत्यु की उपस्थिति भी जीवन के पर्यायवाची के रूप में है। यहां दो कहानियों का जिक्र करना अधिक उपयुक्त होगा। पहली जिंदगी और मौत और दूसरी

जीना यहां। जिंदगी और मौत मेजर मानवेंद्र के जीवन और मौत के बीच की लड़ाई है। देखा जाए तो यह लड़ाई कम और खेल अधिक है। लेकिन लेखक ने कहीं भी इसे किस्मत से नहीं जोड़ा है। अपितु यह हौंसले का खेल अधिक दिखाई देता है। कहानी का मुख्य पात्र मेजर मानवेंद्र बचपन से ही कई बार मौत के मुंह में जाते-जाते बचा है। बचपन में उसे सरसाम हो जाता है और वह मरते-मरते बचता है। दूसरी बार उसे एक जहरीले सांप ने काट लिया और वह फिर एक बार बच गया। तीसरी बार वह गंभीर रूप से दुर्घटनाग्रस्त हो जाता है। बचने की कोई उम्मीद नहीं रहती लेकिन मानवेंद्र फिर बच जाता है। अब तो मानवेंद्र के घर वालों को भी यकीन हो जाता है कि- 'जैसे आई को कोई नहीं टाल सकता वैसे टाली को भी आए नहीं बनती।' पिता की मृत्यु के बाद मानवेंद्र मिलेट्री में भर्ती हो जाता है। वहां भी उसके दस्ते से पचास गज की दूरी पर एक गोला फटता है और सारा दस्ता भट्टी में गिरे चनों की तरह भून जाता है लेकिन मानवेंद्र एक बार फिर बच जाता है। दूसरी बार जब वह दुश्मनों से लड़ने फ्रंट पर पहुंचता है तो दुश्मनों के हाथ लग जाता है और सीधा कैदियों के कैंप में पहुंच जाता है। मानवेंद्र की स्थिति पर गुलज़ार साहब बेहद खूबसूरती के साथ लिखते हैं- मौत शायद जान गई थी कि मानवेंद्र एक मुश्त हाथ नहीं आएगा, उसे किश्तों में हासिल करना होगा। लेखक ने संपूर्ण जीवन दर्शन को कुछ ही पंक्तियों में बयां कर दिया। क्यात हम सभी किश्तों की जिंदगी नहीं जी रहे हैं?हममें से अधिकांश लोगों ने जिंदगी को बांट लिया है। कुछ ने मुकाम तय कर लिये हैं और निरंतर उन्हें पाने के लिए लगे हुए हैं। सेंकड वर्ल्ड वार खत्म होने के साथ ही मानवेंद्र सही सलामत घर आ जाता है। बूढ़ी मां बलाएं लेती है। जश्न मनाए जाते हैं। फ्यूज उड़ जाता है। मानवेंद्र मीटर देख रहा होता है और उसका हाथ नंगे तारों पर पड़ जाता है। वह चकरा कर गिर जाता है और मर जाता है।

कुछ लोगों के लिए मौत डर है तो कुछ लोगों के लिए जिंदगी। कितना छोटा अंतर है जिंदगी और मौत के बीच। हमारी प्रतीक्षा से वह आती नहीं, न ही बुलाने से आती है और न भगाने से भाग जाती है। लेखक इस कहानी के माध्यम से जीवन को जीने के बेहतर अवसर की बात करते हैं।

दूसरी कहानी का मुख्य पात्र समीर है जो एक राजा की इकलौती औलाद है। ग्यारह वर्ष की आयु में ही समीर का दायां बाजू कट जाता है। लेकिन समीर के किसी काम में कोई फर्क नहीं पड़ता। गुलज़ार साहब लिखते हैं- जिस दिन दायें हाथ की पट्टी खुली, उसके दूसरे दिन से उसने बायें से ऐसे काम शुरू कर दिये जैसे दायां था ही नहीं। लोग उस लड़के के हौसले पर हैरान होते थे।

मेरे अंग मुझसे हैं। मैं अपने अंगों से नहीं। मैं हूं, मैं जिन्दा हूं। समीर का हौसला ही उसका जीवन है और यह बात केवल समीर के लिए ही नहीं अपितु हम सभी लोगों के लिए है। हमारा हौसला हमें कई ऐसे मुकाम पर पहुंचा देता है जो असंभव से लगते हैं। हौंसला हो तो विपत्तियां भी टिक नहीं पाती हैं। यह बात कई शोध में भी सामने आई है जो लोग विपरीत परिस्थियों में घुटने टेक देते हैं। वे शीघ्र ही मानसिक अवसाद में पहुंच जाते हैं। या समय से पूर्व ही जीवन से हाथ धो बैठते हैं। आत्महत्या के प्रयास भी ऐसे ही लोग करते हैं। समीर के हौंसले की परीक्षा अभी और बाकी है। अपने पिता के साथ घुड़सवारी के दौरान वह गिर जाता है और रीढ़ की हड्डी टूट जाती है। रीढ़ की हड्डी के ऑपरेशन के बाद एक नई बीमारी उसके पैरों में रेंगने लगती है। लेकिन समीर कहता है- ये लोग क्यों रोते हैं? मैं मरा तो नहीं। पैरों से चलना क्या जरूरी है?आदमी बगैर पैरों के भी तो सफर करता है। समीर बाएं हाथ से डायरी लिखता है। अधिकांश समय किताबों के साथ बिताता है। वह लिखता है- तो क्यों हुआ? अभी तो मैं सीने से रेंग सकता हूं। अपनी आवाज पर पल सकता हूं।

आदमी की व्याथा कभी पूरी तरह से अपनी नहीं होती। जैसे सुख साझा होते हैं। दुखों की भी हिस्सेदारी होती है। भले ही भागीदार उस पीड़ा को पूरी तरह से समझ नहीं पाएं। इस तरह आदमी भले ही हौंसला न हारे कभी-कभी अपने संबंधियों के टूटते हौसलों को देखते हुए वह स्वयं भी हार मान लेता है। हम जो भी है अपने आसपास से हैं। वही साचते और जीते हैं। जैसा हम देखते हैं। यही समीर के साथ भी होता है। पिता जब अपने पुत्र के विवाह की घोषणा करते हैं। समीर का हौसला एकाएक ही टूट जाता है। वह लिखता है- लोग आते हैं राजा साहब के लिए, राजा साहब

की हवेली के लिए, राजा साहब की दौलत के लिए। मेरे लिए तो लोग सिर्फ रोने का बहाना होते हैं।

बीमारियों ने भले ही समीर को पूरी तरह से आत्मनिर्भर नहीं रहने दिया हो लेकिन उसका आत्मसम्मान जैसे का तैसा है। इसलिए उसे सहानु भूति से कोई पीड़ा नहीं लेकिन इस बात से है कि कोई उस पर तरस खाकर शादी करे और इसीलिए इतनी विपरीत परिस्थियों में भी हिम्मत से काम लेने वाला समीर भावनात्मरक रूप से पूरी तरह टूट जाता है और अपनी डायरी में लिखता है- लोग मुझ पर रोते ही रहते तो अच्छा था। उनके तरस खाने से मेरी खुदी जी उठती थी, लेकिन अब क्या करूं? लोग मुझ पर हंसने भी लगे हैं। समीर शादी से पूर्व ही आत्महत्या कर लेता है।

आदि और अंत के बीच प्रेम की तलाश

जिस तरह पुरानी चीजें अपने होने की निशानियां छोड़ जाती हैं। ठीक वैसे ही प्रेम भी कभी पूरी तरह से खत्म नहीं होता। कोई ना कोई स्मृति अतीत में लौटने को रह-रहकर विवश करती है। फिर चाहे उसकी वजह वर्तमान से असंतुष्टि हो या सही अर्थों में अपनी भूल का अहसास। गुलज़ार की फिल्मर इजाज़त में भी नायिका को अपनी इस भूल का अहसास ठीक उसी प्रकार होता है, जैसे उनकी कहानी सीमा में सीमा को होता है। सीमा और सुधीर शादीशुदा हैं और थियेटर से जुड़े हैं। सीमा अभिनेत्री है और सुधीर नाटक का निर्देशन करता है। सुधीर को यदि थियेटर और सीमा में से किसी एक को चुनना हो तो वह पहले थियेटर को चुनेगा और फिर सीमा को और यही जवाब सीमा को खल गया। महिलाओं में समर्पण भाव अधिक होता है। इसीलिए शादी के बाद कई तरह के सेक्रीफाइज उन्हें करने होते हैं। पति के लिए मायका, बच्चों के लिए नौकरी आदि और यही वजह है कि कभी-कभी उनमें इसी समर्पण को लेकर एक अलग तरह का भाव पैदा होता है और इसकी एवज में पति से भी उतने ही समर्पण की आशा रखती है जो हर पुरूष के साथ लगभग असंभव होता है। प्रेम में जब बराबरी का भाव पैदा होने लगे तो संबंध ों में तनाव आने लगता है। एक अजीब तरह की जकड़न होती है जिससे आजाद होने की कोशिश की जाती है। सीमा भी इसी कोशिश में रहती है।

सुधीर के ही दोस्त टी.के. के प्रति सीमा आकर्षित है। धीरे-धीरे दोनों की दोस्ती और भी बढ़ने लगती है और एक दिन अचानक ही सुधीर को इस नए गहराते रिश्ते का पता चल जाता है। ऐसी कोई भी बात जो हमारे मन के अनुकूल न हो उससे बचने की हम भरपूर कोशिश करते हैं। कोई और लेखक होता तो शायद कहानी के इस हिस्से में हिंसा होती या फिर अपशब्द होते लेकिन गुलज़ार ने इतनी बड़ी परिस्थिति को भी सहजता के साथ लिया है। उतनी ही सहजता जितनी कि किसी बड़ी आपदा के बाद फिर से जीने के विकल्पों के साथ होती है। इसीलिए गुलज़ार लिखते हैं- सुधीर की आवाज में पहली बार गुस्सो और आंसुओं की घुलावट देखी थी वह रूंधी हुई आवाज में कह रहा था- आज तक कोई किसी आते को रोक नहीं सका, और न ही किसी जाते को थाम सका है। और मैं अपने सीने में ये कैंसर लेकर नहीं घूम सकता। अगर तुम दोनों फ्लर्ट नहीं कर रहे हो, एक-दूसरे को धोखा नहीं दे रहे हो, सचमुच एक-दूसरे को चाहते हो, तो हाथ पकड़ो और निकल जाओ इस घर से। दफा हो जाओ।

सुधीर से अलग होकर भी सीमा पूरी तरह से अलग नहीं होती जबकि टी.के. के प्रेम में भी कोई कमी नहीं है। टी.के. सीमा के लिए वह सबकुछ करता है जो उसे पसंद है। लेकिन रह-रहकर सीमा को सुधीर की याद आती है। गुलज़ार साहब ने इस याद के लिए प्रतीकात्मक रूप से एक चाबी का इस्तेमाल किया है, जो सुधीर के फ्लैट की है और सीमा के बेग में रह गई है। जब-जब सीमा के हाथ में यह चाबी आती है वह यादों में लौट जाती है। एक दिन सीमा सुधीर के फ्लैट की ओर चल देती है। वह चाबी लगाती है और अंदर से किसी के हंसने और बात करने की आवाज सुनाई देती है। किसी तीसरे व्यक्ति का आना सीमा को फिर से लौटने पर विवश कर देता है। सीमा बिना मिले ही बाहर आ जाती है और सुधीर की एकमात्र चीज वह चाबी जो सुधीर की याद दिलाती थी, दरवाजे में ही छूट जाती है।

साथ रहे तो खुशी और दूर रहे तो एक तरह की बैचेनी हमेशा प्रेम में बनी रहती है। गुलज़ार अपनी कहानियों में प्रेम की शुरूआत से उसके अंत तक नहीं जाते वो उसके मध्य की जटिलताओं को दर्शाते हैं। प्रेम करना

और प्रेम में रहना दो अलग-अलग बातें हैं और गुलज़ार की प्रेम कहानियों की यही विशेषता है कि वे एक ऐसे अंत की ओर इशारा नहीं करती तो मनलुभावन हो बल्कि उस ओर जाती है, जहां उन्हें जाना चाहिए। जैसा कि सामान्य जिंदगी में होता है। यह संभव नहीं था कि सीमा की टी.के. से शादी के बाद सुधीर अकेला रहता और सीमा के लौटने की प्रतीक्षा करता।

गुलज़ार की ही एक ओर कहानी कागज की टोपी भी प्रेम कहानी है। कहानी के हर हिस्से में गुलज़ार स्वयं नजर आते हैं। ऐसा लगता है यह कहानी कम और गुलज़ार की आपबीती अधिक है। क्यों एक समय के बाद हर तरह की स्मृति आनंद देती है या यूं कहे कि समय के गुजरने की संतुष्टि देती है। इस कहानी में गुलज़ार अपने बचपन में लौटते हैं। जहां मुन्नी एक खूबसूरत लड़की है और खेल में हर लड़का मुन्नी का दुल्हा बनना चाहता है। लेखक के मन में भी आता है कि एक बार मुन्नी उसे अपना दुल्हा बना ले। गुलज़ार लिखते हैं- "एक दफा मैंने मुन्नी से दरखास्त की मुन्नी इस दफा मुझको अपना दुल्हा बना लो।" लेकिन उसने फटकार दिया। जा जा, जाके शीशे में शक्लि देख अपनी।

और इस तरह लेखक का प्रेम मन में ही रह गया। लेकिन वो आगे लिखते हैं घर में दोनों भाई मुन्नी के साथ खेलते रहते और मुझे अलैदा कर देते। मैं अलग-थलग बैठा पुराने अखबारों से खिलौने बनाता रहता, कभी कश्ती, कभी टोपी, कभी हवाई जहाज। ये कागज के टुकड़े बड़े मकबूल हुए। मुहल्ले के लड़कों में मेरी अहमियत बढ़ गई। मुन्नी मान गई की कागज की ऊंची टोपी लगाने से मैं दूल्हा जैसा लगता हूं। और मैं दूल्हां बन गया।

बीस साल बाद लेखक एक बार फिर मुन्नी से रूबरू होते हैं। पहले पहल उन्हें लगता है कि समय और उम्र के साथ मुन्नी गंभीर हो गई लेकिन बचपन के दोस्त के साथ वह फिर से छोटी हो जाती है। दोनों हर दिन समंदर तक जाते हैं। मुन्नी लेखक की टेबल पर आकर बैठ जाती है। दोनों में बचपन का प्रेम फिर से जागने लगता है लेकिन बचपन का ही एक दोस्त नीरज भी मुंबई आ जाता है और मुन्नी के साथ उसकी दोस्ती बढ़ जाती है। इस तरह लेखक फिर से अलैदा हो जाता है और यही वजह है कि उसे चिढ़ हो जाती है। जल्दी ही मुन्नी को अपनी भूल का अहसास होता है और

वह फिर लेखक के पास जाती है और कहती है-

कल हम वापस जा रहे हैं।

बड़ी खुशी की बात है। मेरे अलफाज जैसे फर्श पर गिर के बज उठे। वो कुछ देर चुप रही, जैसे उसे बुरा लगा हो। सच पूछो तो मुझे खुद नहीं मालूम कि मैंने वो लफ्ज क्यों कह दिये।

लेखक ने यहां उम्र की नासमझी और अपराधबोध दोनों की ही ओर इशारा किया है। वे आगे लिखते हैं-

अम्मी कह रही थी कल हमें जरूर चले जाना होगा।

मैंने पूछा- तो तुम्हारा क्या इरादा है? कुछ देर फिर खामोशी रही। मैंने उसकी तरफ देखा। चेहरे का रंग जैसे बिल्कुल उड़ गया था। भर्राई हुई आवाज में बोली-

तुम अभी तक मुझसे नाराज हो।

मुन्नी कमरे से बाहर निकल जाती है। लेखक देखता है कि जाते वक्त उसने अपने हाथों में पीछे कुछ छुपा रखा था। मुन्नी ने अखबार से एक कागज की टोपी बना रखी थी।

जिस तरह सीमा कहानी में उन्होंने चाबी को प्रतीक के रूप में इस्तेमाल किया है। ठीक उसी प्रकार कागज की टोपी को भी प्रेम के प्रतीक के रूप में इस्तेमाल किया है। अंत में मुन्नी यह टोपी लेखक के लिए बनाती है। लेकिन क्षणिक क्रोध और गलतफहमियों के कारण यह प्रेम कहानी भी सीमा की ही तरह अधूरी रह जाती है। गुलज़ार की फिल्म इजाजत, खुशबू और आंधी में भी प्रेम को इतनी ही सुक्ष्मता के साथ प्रदर्शित किया गया है। सिनेमा के क्षेत्र में कार्य करते हुए भी प्रेम को यथार्थ के बहुत पास रखने का काम गुलज़ार साहब ने किया है। अन्यथथा सिनेमा में प्रेम का व्यावसायिक, मनलुभावन और काल्पनिक रूप ही अधिक अवलोकनीय है। गुलज़ार का प्रेम बनावटी नहीं लगता। आज भी प्रासंगिक लगता है। भावनाएं कभी पुरानी नहीं होती अपितु समय के साथ और भी गहरी हो जाती है।

गुलज़ार का कथा साहित्य

कहानी लेखन की अपनी समस्याएं हैं। सबसे बड़ी समस्या चरित्रों के साथ न्याय करने की है और गुलज़ार इसमें पूरी तरह से सफल हैं। उनकी अधिकांश कहानियों में चरित्रों की संख्या सीमित है। केंद्रीय पात्र एक ही है। जैसा कि जिंदगी और मौत, जीना यहां और सीमा में हमने देखा। ठीक इसी प्रकार उनकी अन्य कहानियों में भी हम यह देख सकते हैं। फिर चाहे वह मर्द हो, दस पैसे और दादी हो या फिर कागज की टोपी। अन्य पात्र केंद्रीय पात्र के समानांतर चलते हैं। केंद्रीय पात्र की तरह उनकी कहानियों का एक केंद्रीय भाव भी है, जो आसानी से समझा जा सकता है। गुलज़ार के अपने जीवन में कई उतार-चढ़ाव और संघर्ष रहे हैं। विभाजन की पीड़ा को उन्होंने भोगा है, जो उनकी कहानी रावी पार में स्पष्ट रूप से दिखाई देता है। जामुन का पेड़ भी एक ऐसी ही कहानी है, जिसमें जामुन का पेड़ सामाजिक सौहार्द के प्रतीक के रूप में है। गांव के रहने वाले अलग-अलग धर्म के लोग जामुन के पेड़ के नीचे बैठकर गप्प मारते हैं और जब विभाजन होता है तो उसी जामुन के पेड़ की शाखों को तोड़कर उसमें अपने ही भाई-बंधुओं की लाशें फेंकते हैं। धुआं और खौफ में जहां उन्होंने इसे गंभीरता के साथ लिखा है। वहीं बंटवारा में बड़े ही रोचक ढंग से लिखा है। बंटवारा ऐसे बुज़ुर्ग दंपत्ति की कहानी है जो बंटवारे के बाद भारत आ गए हैं और गुलज़ार को अपना बेटा बताते हैं। उनका मानना है कि गुलज़ार बंटवारे के वक्त खो गए थे। जबकि गुलज़ार को अपना बचपन याद है और वे जानते हैं कि दंपत्ति से उनका कोई संबंध नहीं है। लेकिन फिर भी दंपत्ति उन्हें अपना बेटा मानते हैं और हर त्यौहार पर उन्हें पत्र लिखते हैं या फिर फोन लगाते हैं। इस तरह बिना किसी संबंध के भी एक संबंध स्थापित हो जाता है। और वर्षों बाद गुलज़ार को चिट्ठी और भोग का कार्ड मिलता है कि सरदार हरभजन सिंह जी (जो स्वंयं को गुलज़ार का पिता कहते थे) परलोक सिधार गए। मां ने कहलवाया कि छोटे को जरूर खबर देना। गुलज़ार लिखते हैं कि- मुझे लगा सचमुच मेरे दारजी गुजर गये। उनका यह भावनात्मक लगाव अपने तात्कालीन निर्देशकों और लेखकों के साथ भी रहा। अपने कहानी संग्रह में उन्होंने बिमल राय, शैलेंद्र, सलील दा आदि के साथ अपने अनुभवों को लिखा है।

गुलज़ार सिनेमा और साहित्य

उन्होंने अपने कई साक्षात्कारों में कहा है कि वे साहित्य से सिनेमा में आए, सिनेमा से साहित्य में नहीं। प्रोग्रेसिव राइटर्स एसोसिएशन से जुड़े रहने के कारण उनकी दोस्ती शैलेन्द्र, ष्ण चंदर जैसे लेखकों से हुई। यहां तक कि उन्हों ने गैराज में काम भी इसी वजह से किया कि उन्हें उस दौरान पढ़ने के लिए समय मिल जाया करता था। रविन्द्रनाथ टैगोर की रचनाएं गुलज़ार साहब की प्रेरणा स्त्रोत रहीं। यही कारण रहा कि बंगाली संसति से उनका लगाव भी रहा और इसी के चलते उन्होंने बांग्ला भी सीखी। पाकिस्तान में जन्मे गुलज़ार साहब की रचनाओं में उर्दू, हिंदी, पंजाबी और बंगाली का प्रभाव स्पष्ट रूप से देखा जा सकता है। गुलज़ार साहब का मानना है कि सिनेमा और साहित्य दोनों ही मनोरंजन के माध्यम है। यदि साहित्य का इतिहास एक हजार वर्ष पुराना है तो सिनेमा सौ वर्ष पुराना माध्यम है। सिनेमा की अपनी आवश्यवताएं हैं और इसीलिए इसके लेखन और प्रदर्शन में कई तरह के बदलाव किये जाते हैं।

गुलज़ार साहब की कई कहानियों के प्रसंग उन्हों ने अपनी फिल्मों में भी इस्ते माल किये हैं। बच्चों की मानसिकता पर बनाई अपनी फिल्म किताब में उन्होंने अपनी ही कहानी दस पैसे और दादी के एक प्रसंग को फिल्माया है। इसमें बच्चा अंत में एक भिखारन के पास सो जाता है और उसके कटोरे से दस पैसे उठाता है। बाद में जब उसे पता चलता है कि भिखारन मर चुकी है तो वह पैसे वहीं फेंक देता है और अपनी दादी के पास लौट जाता है। फिल्म में उसे मां के पास लौटते हुए बताया है।

गुलज़ार साहब की भाषा ना तो पूरी तरह से साहित्यिक है और ना पूरी तरह से फिल्मी। उनकी भाषा बोलचाल की भाषा है। इसलिए बनावटी नहीं लगती। उन्होंने अपने संपूर्ण लेखन में मानवीय भावनाओं के महत्व को बनाए रखा है। इसलिए उसमें व्यावसायिकता नहीं दिखती या प्रसिद्धी की चाह भी नजर नहीं आती। उनके संपूर्ण लेखन को पढ़ने पर उसमें मात्र कर्म भाव और गहन तपस्या का फल दिखाई देता है।

बालक मन और गुलज़ार

महेश कुमार तिवारी शोधार्थी,

हिन्दी फिल्मों में बाल मानसिकता और बच्चों की समस्याओं से सम्बन्धित फिल्में कम ही बनी हैं। बूट पॉलिश से लेकर मासूम और मिस्टर इंडिया से होते हुए फिलहाल बच्चों की फिल्म के नाम पर कूड़ा ही परोसा जा रहा है, जो बच्चों के मन की बात समझने की बजाय उन्हें "समय से पहले बड़ा करने" में समय व्यर्थ कर रहे हैं। बाल मन को समझने, उनके मुख से निकलने वाले शब्दों को पकड़ने और नये अर्थ गढ़ने में सबसे माहिर हैं सदाबहार गीतकार गुलज़ार साहब, हालांकि हिन्दी फिल्मों में विशुद्ध बालगीत कम ही लिखे गये हैं। उन्होंने एक इंटरव्यू में कहा था कि बाल गीत लिखते समय मैंने खुद को बच्चा समझकर लिखा। बच्चे कैसी और किस प्रकार की तुकबन्दी कर सकते हैं और कितनी शरारतें कर सकते हैं यह कल्पना करके लिखा। आरडी बर्मन ने भी एक बार गुलज़ार के बारे में कहा कि- "हो सकता है कि यह आदमी किसी दिन अखबार की कटिंग लाकर कहे कि ये रहे गीत के बोल, इस पर धुन बनाओ।", तो भाईयों और बहनों, अपने बचपन में खो जाईये और यह चुलबुला लेकिन मधुर, शरारती तुकबन्दियों से भरपूर फिर भी लय-ताल के ठेके देने वाला गीत सुनिये, तब पंचम दा तथा गुलज़ार जैसे लोग दिग्गज और महान क्यों हैं इसे समझना बेहद आसान हो जायेगा।

किसी रचनाकार को कोई समाज क्यों प्यार करे? क्यों उसके एक-एक शब्द को हृदयंगम करने के लिए लोग उसकी अगली रचना का इन्तजार करें, क्यों जब वह सामने आ जाए, तो उसके पास जाकर, उसे छूकर किसी को आत्मसंतोष हो? सीधा-सा उत्तर है कि उस रचनाकार ने किसी के मन के उन भावों को सुन्दर अभिव्यक्ति प्रदान की है, जिन्हें कोई महसूस तो कर सकता है, लेकिन जाहिर नहीं कर सकता। फिल्मों के माध्यम से विगत एक सदी से अव्यक्त को व्यक्त करने की, अमूर्त को मूर्त बनाने की जो कोशिशें

हुई हैं- उनमें एक बात साफ तौर पर दिखाई देती है कि कोई भी फिल्म किसी व्यक्ति के एक उद्यम का नतीजा नहीं होती फिल्म एक सामूहिक प्रयास होता है, जिसमें मनोरंजन को केन्द्र में रखते हुए समाज की स्थितियों का इतनी खूबसूरती से चित्रण किया जाता है कि इंसान के भीतर करवटें ले रहा सच और झूठ परदे पर किरदारों का रूप लेकर एक तरह से जीवित ही हो उठता है। यह भारतीय उपमहाद्वीप ही है, जहाँ के सिनेमा में इन किरदारों को गीतों और संवादों के माध्यम से पूरी तरह से लौकिक स्वरूप प्रदान करके अभिव्यक्ति के नए व नक्काशीदार दरवाजे खोले गए। गुलज़ार इन्हीं दरवाजों के भीतर भावनाओं के शिल्पी बनकर कभी मुस्कराते हुए तो कभी उदास होते हुए आते-जाते रहे हैं। बीच-बीच में उनका ठहराव शुद्ध साहित्य की बस्ती में गहरी जड़ें जमाकर प्रतिष्ठित हुए बरगदों के साथ भी होता रहा है। 1960 के दशक में आई 'काबुलीवाला' के लिए उनका रचा गीत 'गंगा आए कहाँ से' उन्हें फिल्मकारों का चहेता गीतकार बना गया और उसके बाद तो 'मोरा गोरा अंग लई ले', 'तुम्हें जिंदगी के उजाले मुबारक', 'वो शाम कुछ अजीब थी' और 'हमने देखी है इन आँखों की महकती खुशबू' जैसे नग्मे - जो क्रमशः 'बंदिनी', 'पूर्णिमा', 'सफर' और 'खामोशी' से थे - हिन्दुस्तान का सारा युवा-वर्ग प्रेम और मस्ती से गुनगुनाने लगा।

हम देखते हैं कि 'मेरे देश की धरती सोना उगले' जैसे गीत की राष्ट्रीय भावना उसे जितनी अभिभूत करती है, उतनी ही अभिभूत उसे 'दिल तो बच्चा है जी' गीत की धुन करती है, जिसमें डूबकर वह अपने बचपन की मासूमियत को फिर से पा लेना चाहता है। हमने यह भी देखा कि 'यह देश है वीर जवानों का - अलबेलों का, मस्तानों का' गीत जब तक न बजे, तब तक हिन्दुस्तान में कोई शादी सम्पन्न नहीं होती है, वहीं दूसरी ओर 'जय हो' का उदघोष करके देश का युवा सारी दुनिया को अपने सक्षम भारतीय होने की पहचान कराता है। 'कजरारे-कजरारे', 'दिल तो बच्चा है जी' और 'जय हो' जैसी हर जबान पर चढ़ जाने वाली रचनाएँ जिस कलम से निसृत हुई हैं, उस कलम का धनी एक ऐसा व्यक्ति है, जो अपने सीने में संवेदना का एक सागर भरकर चलता है और दुनिया जिसे 'गुलज़ार' के नाम से जानती है। हिन्दी सिनेमा का चहेता ऐसा कोई व्यक्ति नहीं है, जिसे गुलज़ार

ने जीवन में कभी प्रभावित न किया हो।

अपना नाम 'गुलज़ार' भी इस भावुक इंसान ने खुद रखा है, जिसका अर्थ होता है- फूलों का बाग या उद्यान। माँ-बाप ने जो नाम रखा, वह तो सम्पूर्णसिंह कालरा था। प्रारंभ में गुलज़ार ने स्वयं को 'दीनवी' अर्थात् 'धर्म में विश्वास करने वाला' भी कहा था। शायद सम्पूर्णसिंह ने सोचा कि लोग उसके विषय में धर्म पर विश्वास करने वाले 'दीनवी' पर यकीन करें या न करें, लेकिन वे 'गुलज़ार' अर्थात् फूलों के बाग पर जरूर यकीन करेंगे जो सब को समान रूप से खुशबू व खूबसूरती बाँटता रहता है।

'चड्ढी पहन के फूल खिला है' या 'लकड़ी की काठी, काठी पे घोड़ा' जैसे अमर गीत लिखकर गुलज़ार ने सिद्ध किया कि उन्हें बाल-मनोविज्ञान की भी गहरी समझ है। 'चड्ढी पहन के फूल खिला है' 1990 का बालगीत है, जिसे गुलज़ार ने दूरदर्शन के 'मोगली' सीरियल के लिए लिखा था और जो जोसेफ रुडयार्ड किपलिंग के अँगरेजी कहानी-संग्रह 'जंगल बुक' पर आधारित था। इसके अतिरिक्त 2002 में प्रदर्शित 'मकड़ी' के लिए, जो शिकागो समारोह में 'जूनियर ऑस्कर अवार्ड' से नवाजी गई थी। इस फिल्म में श्वेता प्रसाद पर फिल्माया गया गीत 'पापड़ वाले पंगा न ले' भी अत्यधिक मकबूल हुआ। यही क्यों! इससे बहुत पहले 'गुड्डी' के लिए उन्होंने बच्चों के लिए जो प्रभात-गान लिखा, वह आज भी देश के अनेक तालीमी इदारों का प्रार्थना गीत है।

यदि किसी को गुलज़ार की आवाज सुनने का मौका मिला है, तो उसने यह जरूर महसूस किया होगा कि एक परिपक्व आयु में जैसे एक अबोध बालक अपने अतीत की कच्ची समझ को मन में लिए सारी दुनिया को मासूमियत समझाने आया है। 2004 की रेनकोट में ऐश्वर्या राय ने अपनी जिन्दगी की सबसे उम्दा अदायगी इसी फिल्म में की थी। देबज्योति मिश्रा के संगीत निर्देशन में जब गुलज़ार शास्त्रीय संगीत की मशहूर गायिका शुभा मुद्गल के साथ अपना गीत 'पिया तोरा कैसा अभिमान' प्रस्तुत करते हैं, तो उनकी आवाज की निर्दोषता को सहज ही अनुभव किया जा सकता है -

पिया तोरा कैसा अभिमान ...

किसी मौसम का झोंका था

जो इस दीवार पर लटकी तसवीर को तिरछी कर गया है।

गए सावन में ये दीवारें यूं सीली नहीं थी,

न जाने इस दफा क्यूं इनमें सीलन आ गई है। दरारें पड़ गई हैं,

और सीलन इस तरह बहती है जैसे,

खुश्क रुखसारों खसारों पर गीले आंसू चलते हैं।

जिस गुलज़ार ने विभाजन के पश्चात् भारत आकर पेट भरने के लिए गैराज में काम किया हो, उस गुलज़ार की कलम से इतना भावपूर्ण सृजन सामने आना कि रचनाकार भारतीय सिनेमा का 'पितामह' बनने की स्थिति में आ जाए, कोई मामूली बात नहीं है। इस साधना को, इस तपस्या को, इस समर्पण को एक रवानी देने में, एक मुकाम तक पहुँचाने में सलिल चौधरी, शंकर जयकिशन, एस.डी.बर्मन, हेमंत कुमार, खय्याम, मदनमोहन, लक्ष्मीकान्त प्यारेलाल, भूपेन हजारिका, ए.आर. रहमान, विशाल भारद्वाज आदि सुर-साधकों का योगदान भी कम नहीं था, जिनसे गुलज़ार को प्रोत्साहन मिला। हिंदुस्तान के नौजवानों ने भी गुलज़ार को भरपूर प्यार दिया, इस प्यार का ही तो सुफल था कि गुलज़ार की कलम से शब्दों के सितारे कागज पर उतरते रहे और सिनेमा के सुनहरे परदे को जीवन्त करते रहे। ऐसा हो भी क्यों नहीं?गुलज़ार ने युवाओं की भावनाओं का पूरा-पूरा खयाल रखा और उनकी नब्ज पकड़े रखी। 1971 की फिल्म 'मेरे अपने' में 'हालचाल' गीत लिखकर तो जैसे उन्होंने बेरोजगार युवाओं के दिलों से खुद को जोड़ ही लिया।

हाल-चाल ठीक-ठाक है

सब कुछ ठीक-ठाक है

बी.ए. किया है, एम. ए. किया

लगता है वो भी ऐं वें किया

काम नहीं है वरना यहाँ

आपकी दुआ से सब ठीक-ठाक है...

उनका नाजुक हृदय विभाजन की पीर से विलग रहा हो, ऐसा कभी नहीं हुआ। उनकी रचनाओं से साफ झलकता है कि उनके भीतर का शरणार्थी अभी मरा नहीं है। अपनी एक गजल में गुलज़ार की यह पीर कुछ इस तरह बयान हुई है -

जिक्र झेलम का है, बात है दीने की।

चाँद पुखराज का, रात पश्मीने की।

कैसे ओढ़ेगी उधड़ी हुई चाँदनी

रात कोशिश में है चाँद को सीने की।

कोई ऐसा गिरा है नजर से कि बस

हमने सूरत न देखी फिर आईने की।

‘कांच के ख़्वाब हैं बिखरे हुए तन्हाई में’

अवधेश कुमार शोधार्थी

गुलज़ार के रचनात्मक व्यक्तित्व को किसी खांचे में फिट नहीं किया जा सकता है। वे एक साथ गीतकार, कवि, पटकथा लेखक, निर्माता और निर्देशक हैं। इनमें से किसी भी भूमिका में वे कमतर नहीं हैं। हिंदी, उर्दू पंजाबी और बांग्ला भाषा पर उनका समान अधिकार है। उनकी रचना, हिंदी, उर्दू, पंजाबी के साथ-साथ मारवाड़ी और हरियाणवी में भी मिलती हैं। गुलज़ार ने भारतीय सिनेमा को कई हिट गीत दिए जो आज भी लोगों की ज़ुबान पर चढ़े हुए हैं। कई फिल्मों का गुलज़ार ने निर्देशन किया जो बेहद सफल रही हैं। कई टी-वी- सीरियल और, लबम से भी गुलज़ार जुड़े रहे। अपने विविध रचनात्मक ऊंचाइयों की वज़ह से गुलज़ार विविध पुरस्कारों से भी नवाज़े गये। गुलज़ार को साहित्य अकादमी पुरस्कार (2002), पद्म भूषण पुरस्कार (2004) और दादा साहेब फाल्के पुरस्कार (2013) मिला। सन् 2009 में गुलज़ार को ‘स्लमडॉग मिलेनियर’ फिल्म के गीत ‘जय हो’ के लिए ऑस्कर पुरस्कार ए.आर.रहमान के साथ संयुक्त रूप से प्रदान किया गया। सन् 2010 में गुलज़ार को इसी गीत के लिए ‘ग्रैमी अवार्ड’ भी दिया गया। गुलज़ार की झोली में दस से अधिक फिल्म फेयर पुरस्कार भी आये।

इनकी कविता, और नज़्में एक ख्वाब है जिसे गुलज़ार ने खुली आंखों से देखा है। इनकी कविता, मानव जीवन की विविध भावभूमियों को अभिव्यक्त करती हैं। गुलज़ार जानते थे कि भेदभाव रहित होकर ही प्रेम की उस पृष्ठभूमि का निमाण किया जा सकता है जो मानवता का मूल है इसलिए वे एक कविता में कहते हैं ‘भेदभाव अपने दिल से साफ करें।’ गुलज़ार बहुत सक्रिय रहने वाले व्यक्ति हैं। उन्होंने एक इन्टरव्यू में कहा था कि, ‘छह-सात महीने तक कुछ न लिखूं, ऐसी अय्याशी की गुंजाइश मेरे पास नहीं है। मैं एक लेखक हूं और यही मेरी कमाई का जरिया है, अगर लिखूंगा नहीं तो खाऊंगा कहां से?’ वे समय के महत्व को पूरी तरह समझते

हैं और अपना समय अपने रचनात्मक व्यक्तित्व को निखारने के लिए खर्च करते हैं। कई कारणों से समय का सदउपयाग न कर पाने का दर्द उनकी 'पूरा दिन' कविता में इस रुप में दिखता है-

'मुझे खर्ची में पूरा एक दिन, हर रोज मिलता है
मगर हर रोज़ कोई छीन लेता है,
झपट लेता है अंटी से
बड़ी हसरत है पूरा एक दिन इक बार में
अपने लिए रख लूं।'

रात गुलज़ार को बहुत हसीन लगती है। उनका मानना है कि रात ही वह समय है जब आप पूर्णतः अपने साथ होते हैं। दिन तो भागदौड़ और दुनिया की चकाचौंध में ही खो जाता है। इसलिए रात और चांद पर गुलज़ार ने कई कविताएं लिखी हैं। रात कहीं 'दबे पांव चली जाती है' तो कहीं चांद मुस्कुराता सा नज़र आता है 'बेसबब मुस्कुरा रहा है चांद।' जोरहट के चाय के बगानों से चांद इन्हें चीनी का बना हुआ कैटल नज़र आता है। 'मेरे अपने' फिल्म के एक गीत में रात इन्हें भिखारन की तरह लगती है जो चांद रूपी कटोरा लेकर भिक्षाटन के लिए निकली है। 'देवता' फिल्म के एक गीत में अपनी प्रेमिका के लिए चांद ही चुराकर ले आते हैं 'चांद चुराकर लाया हूं, चल बैठें चर्च के पीछे।' इनकी रचनाओं में चांद शब्द की अधिकता को देखते हु, आशा भोंसले ने एक बार इनसे चुटकी लेते हुए कहा था कि आपकी कोई भी रचना बिना चांद के पूरी ही नहीं होती है। 'हिप हिप हुर्रे' फिल्म में वे लिखते हैं – 'रात उदास नज़्म लगती है/ज़िंदगी सिर्फ रस्म लगती है।' वे सपनों को आंखों में भरकर आने का आहवान करते हैं, 'सपना रे सपना, है कोई अपना/आंखियों में आ भर जाना।' रात के सितारे इन्हें ऐसे लगते हैं जैसे वे तागों से आकाश में टांक दिए गए हैं। अंधेरा और रात्रि के प्रति गुलज़ार के मन में इतना आर्कषण है कि वे उजालों के ऊपर अंधेरों को ही तरज़ीह देते हैं।

'मुझे मेरे मखमली अंधेरों की गोद में डाल दो उठाकर

चटकती आंखों पर धुप्प अंधेरों के फा, रख दो

यह रोशनी का उबलता लावा न अंधा कर दे।'

रात को गुलज़ार ख्वाब और स्वप्न से भी जोड़ देते हैं। यह रात ही है जो हसीन से हसीन स्वप्नों को लेकर आती है। इसलिए गुलज़ार अबाध रूप से सोकर स्वप्न पूरे करने पर बल देते हैं – 'ख्वाब टूटे न कोई, जाग न जाये देखो/जाग जायेगा कोई ख़्वाब तो मर जाएगा।' चांदनी रात में दुधिया जोड़ा पहनकर यदि इनकी महबूबा आ जाए तो उसकी सुन्दरता को देखकर ईसा के हाथ से सलीब गिर जाऐ। चांदनी रात की यह खूबी वे समझते हैं कि चांदनी रात का चांद किसी की भी खूबसूरती में चार चांद लगा सकता है। 'बंदिनी' फिल्म के गीत में नायिका चांद के अधिक उजाले से परेशान है। पहाड़ों की रात गुलज़ार को बिल्कुल अलग ही लगती है। पहाड़ों पर आसमान भी नहीं बुझता और दरिया भी रोशन रहता है। आकाश में तारे ऐसे नज़र आते जैसे आकाश पर ज़री का काम बेहद खूबसूरती से हुआ हो। वे भालू की तरह भूरे-भूरे बादलों से लोरी सुनकर तारों को कंचों की तरह खेलना चाहते हैं। रात इतनी हसीन लगती है गुलज़ार को वे पूरे बच्चे बन जाते हैं। इनकी ख़्वाहिशें बहुत बेलगाम तरीके से आती हैं –

'बेलगाम उड़ती है कुछ ख़्वाहिशें ऐसे दिल में

'मेक्सीकन' फिल्मों में कुछ दौड़ते घोड़े जैसे।'

गुलज़ार कहते हैं कि किताबों की दुनिया के बाहर भी सीखने के लिए बहुत कुछ है। इसलिए वे लिखते हैं कि 'किताबों के बाहर किताबें बहुत हैं।' रवीन्द्रनाथ टैगोर गुलज़ार के पसंदीदा कवि हैं। रवीन्द्रनाथ टैगोर और शरदचंद्र की कविताओं के उर्दू अनुवाद से ही इन्होंने अपनी साहित्यिक यात्रा शुरू की थी। इसीलिए वे टैगोर के प्रति कृतज्ञता 'टैगोर' नाम की कविता लिखकर व्यक्त करते हैं। इस कविता में वह अपनी कल्पना एक ऐसे देहाती के रूप में करते हैं जिसके सिर पर टैगोर के कविता की भेली रख दी गई है जो धूप में पिघल रही है और उसका कुछ अंश उनके मुंह में जा रहा है।

गुलज़ार जीवन को लम्हों में मानते हैं। जो एक लम्हें को जीता है, वह जीवन जीता है। वे लिखते हैं कि 'मैंने काल को तोड़ के लम्हा-लम्हा

जीना सीख लिया।' उनको लोग टुकड़ों-टुकड़ों में मिलते हैं, 'टुकड़ों-टुकड़ों में सभी लोग मिले हैं मुझे।' बिछुडे हए्, दोस्त इनको शेल्फ से निकाली गई उन पुस्तकों की तरह लगते हैं जिनकी जगह शेल्फ में आज भी खाली है। भौतिकता से प्रभावित हो रहे रिश्तों के कारण वे काफी दुखी हैं। वे लिखते हैं, 'फटी हो जेब तो कुछ सिक्के खो जाते हैं।' हमेशा के लिए बिछुड़ जाने वाले लोगों के लिए उनके दिल से एक कराह निकलती है, 'लोग मेलों में भी गुम होकर मिले हैं/यूं हमेशा के लिए बिछड़ता है कोई?' उनकी कविता तो खुदा को भी ज़मीन पर उतार लाने का माद्‌दा रखती है, 'खुदा से कही, कभी वह भी अपने घर आये।' वे कुछ ऐसे रिश्ते चाहते थे जो जीवन में उसी तरह से आवाजाही करें जैसे हवा बंद दरवाजे को धकेलकर अन्दर घुस जाती है। वे जुलाहे से संबंध निर्वाह की तरकीब सीखना चाहते हैं। जुलाहा जब कपड़ा बुनता है तो कपड़े में कोई गांठ नज़र नहीं आती लेकिन जब गुलज़ार रिश्ता बुनतें हैं तो उसकी गिरहें साफ झलक जाती हैं। आइना देखकर ही कभी-कभी वह तसल्ली कर लेते हैं कि इस घर में कोई तो उन्हें जानता है। एक पुराने आम के पेड़ से भी वे अपना रिश्ता गहराई से जोड़ लेते हैं। वह आम का पेड़ बचपन से लेकर जवानी तक इनका साथी था। उस पेड़ के साथ गुलज़ार इतने भावनात्मक रूप से जुड़ जाते हैं कि पेड़ के सूख जाने पर जब उस पेड़ की कटाई होती है तो वहां से गुजरने की हिम्मत भी नहीं कर पाते हैं - 'सुबह से काट रहे हैं वो कमेटी वाले/ मोड़ तक जाने की हिम्मत नहीं होती मुझको।' इनके रोशनदान में जब एक कबूतर घर बना लेता है तो इनको लगता है कि, 'उनका घर है रोशनदान/ और मैं ण्क पड़ोसी हूं।' आज कम्प्यूटर युग में कम्प्यूटर ने जहां आधुनिक जीवन शैली में अपनी अनिवार्यता बना ली है। ऐसी दशा में जो समय पहले किताबों की सोहबत में कटा करता था, वह अब कम्प्यूटर के पर्दों तक सिमट गया है। अब किताबें बहुत बेचैन रहती हैं और बंद अलमारी के शीशों से बड़ी हसरत से झांकती नज़र आती हैं। यही नहीं किताबें मांगने और लौटाने के बहाने जो रिश्ते बनते थे, वह भी बंद हो गये। आधुनिक दौर में जिंदगी की भागमभाग में टूट रहे रिश्तों को वे अपनी कविता के माध्यम से फिर से पिराने की कोशिश करते हैं।

वे विमल रॉय, जगजीत सिंह इत्यादि से बहुत गहराई से जुड़े हुए थे। इसलिए इन लागों पर गुलज़ार ने बहुत ही आत्मीय ढंग से कविता, लिखी हैं। जगजीत सिंह को वे 'आवाज की बौछार' मानते हैं। वे लिखते हैं कि, 'सर हिलाता था कभी झूम के टहनी की तरह-/एक आवाज की बौछार था वो!!' गुलज़ार का बचपन दिल्ली की सब्जी मंडी में बीता और बाकी जीवन मुम्बई में बीता। इन दो शहरों से जुड़ाव ने गुलज़ार को इन पर कविता, लिखवायी। दिल्ली और मुंबई के साथ-साथ गुलज़ार ने चेन्नई महानगर पर भी कविता लिखी है। बम्बई कविता में गुलज़ार लिखते हैं -

'बड़ी लम्बी-सी मछली की तरह लेटी हुई पानी में ये नगरी
कि सर पानी में और पांव जमीं पर हैं।
समंदर खेलता रहता है पैरों से लिपटकर,
कभी इस शहर की गर्दिश नहीं रूकती इसे 'ब्येरिंग' लगे हैं
किसी 'एक्सेल' पे रखा है। यहां जीना भी ण्क जादू है
यहां ख्वाब भी टांगों पर चलते हैं।'

मद्रास शहर इन्हें बुजुर्ग लगता है जो बूढ़ों के पेट की तरह फैल रहा है।

एक पूरी ग्राम्य संस्कृति गुलज़ार की कविताओं में जीवंत है। प्रकृति की छोटी-छोटी हरकतों को भी इन्होंने अपनी कविताओं में कैद करने की कोशिश की है। पेड़ों की बदलती पोशाकें, नई-नई कोपलें इन्हें न, मौसम की सूचना देती हैं। कोयल गाकर खबर देती है कि आम का मौसम आने वाला है। गुलमोहर जब पूरे पत्ते गिराकर नंगा हो जाता है तो न, बादल के आमद की खबर मिलती है। वे 'आस्था' फिल्म के एक गीत में यहां तक कहते हैं, 'पत्तों के गर चेहरे होते/कुछ तेरे कुछ मेरे होते।' सामने वाली पहाड़ी पर जब एक पेड़ काटा जाता है तो उसका साया सिसकता रहता है और आज भी वहां पर काले-काले खून के धब्बे गुलज़ार को दिखते हैं। गुलज़ार ने पीपल, आम, इमली जैसे कई वृक्षों पर केन्द्रित कविताएं भी की हैं। 'पीपल' कविता में वे आंगन में लगे पीपल, उस पर बैठ रही चिड़ियों का समूह सबका चित्र सा खींच देते हैं। रास्ते की पगडंडी की घांस भी गुलज़ार की कविताओं में

सोचने लगती है। वह राहगीरों के पैरों से बराबर कुचले जाते रहने से बढ़ नहीं पाती और सोचती है -

'यूं मेरी कोख कुचल देते न राहगीर अगर

मेरे बेटे भी जवां हो गये होते अब तक

मेरी बेटी भी तो ब्याहने के काबिल होती।'

इनकी रचनात्मक विविधता को ध्यान में रखते हुए ही यतीन्द्र मिश्र जी 'यार जुलाहे' पुस्तक की भूमिका में लिखते हैं, "इस शायर की रचनात्मकता में दुनिया भर के रंग तमाशे, जज़्बात और अफ़साने मिले हुए हैं। गुलज़ार की शायरी की यही पुख्ता ज़मीन है, जिसका ख़ाका कुछ पेंटिंग्स, कुछ पोर्टेट, कुछ लैंडस्केप्स और कुछ स्केचे़ज से अपना चेहरा गढ़ता है।"

विभाजन की त्रासदी और उसकी भयावहता गुलज़ार का देखा और भागा हुआ सच है। यह एक ऐसा समय था जब रातों-रात लोगों ने अपने पुश्तैनी गांव को खाली करके नई-नई जगहों को अपना आशियाना चुन लिया था। गुलज़ार ने 'भमीरी' नामक कविता में विभाजन की भयावहता को इस तरह अंकित किया है - 'हम सब भाग रहे थे/रिफ्यूजी थे/आग धुंआं और चीख-पुकार के जगल से गुज़रे थे सारे।' 'विरासत' कविता में गुलज़ार साम्प्रदायिक दंगे में मारे गए एक नौ साल के बच्चे की बात करते हैं। जिस मजहब, वतन, मां-बाप को चुनने का अधिकार किसी को नहीं होता। यह सब तो लोगों को जन्म के साथ ही मिल जाता है फिर इन सब कारणों से कोई किसी को मृत्यु की नींद कैसे सुला सकता है?

गुलज़ार की रचनाओं में प्यार अपने पूरे ऊफान पर है। प्यार, रिस्तों और प्रकृति से ही गुलज़ार की कविताओं की बुनावट हुई है। गुलज़ार हमें बहुत छोटी-छोटी चीजों के महत्व के बारे में बताते हैं। इन्हें जब कोई इनके नाम से बुलाता है तो इतने से ही वे खुशी से झूमने लग जाते हैं -

'तुमने इक मोड़ पर अचानक जब

मुझको 'गुलज़ार' कहके दी आवाज़

एक सीपी से खुल गया मोती

मुझमें इक मानी मिल गये जैसे।
आह, यह नाम खूबसूरत है
फिर मुझे नाम से बुलाओ तो!'

प्यार गुलज़ार को एक 'बहता हुआ दरिया' लगता है जिसको किनारे बांध नहीं सकते। इनकी कविताओं में आंखें बोलने लगती है, ख्वाब आंखों में चुभने लगते हैं। सबसे बेहतर नज़्म गुलज़ार को अपनी महबूबा का नाम ही लगता है-

'कब से बैठा हूं मैं जानम
सादे काग़ज पे लिखके नाम तेरा
बस तेरा नाम ही मुकम्मल है
इससे बेहतर भी नज़्म क्या होगी।'

उनकी शिकायत तेजी से गुज़र रहे समय से है, 'वक्त रहता नहीं कहीं थमकर/इसकी आदत भी आदमी सी है।' वे किसी की आंखों में अपने लिए इंतजार देखना चाहते थे, 'कभी तो चौंक के देखे कोई हमारी तरफ़/किसी की आंखों में हम को भी इंतज़ार दिखे।' शिवरात्रि या किसी अन्य अवसर पर जब गुलज़ार लोगों को पत्थर की मूर्तियों को देव मानकर दूध से नहलाते हु, देखते हैं तो उसी बुत से ही सवाल पूछ बैठते हैं।

'चिपचिपे दूध से नहलाते हैं,
आंगन में खड़ा करके तुम्हें,
बुत नहीं हो तो परेशानी होती होगी।'

गुलज़ार की कविताओं का फलक बहुत व्यापक है। वह सब कुछ समेट लेने का जज़्बा रखते हैं। गुलज़ार ने कविता की एक दुनिया ही बसा दी है। यशवंत व्यास 'मेरा कुछ सामान' पुस्तक की भूमिका में लिखते हैं, 'गुलज़ार की कुल काव्य यात्रा प्रकृति और मन के बीच अपने आपको खो देने की प्रबल इच्छा से संपन्न होती है।' अशोक बाजपेयी पंद्रह पांच पचहत्तर पुस्तक में लिखते हैं, 'अच्छा कवि अप्रत्याशित की खोज में नहीं भागता

(उसके यहां अकस्मात् और अनायास अप्रत्याशित होता है। तभी 'हिचकी हिचकी बारिश आती है', 'आसमान की कनपटियां, पकने लगती हैं। 'लान में, तेरे उतारे हुए दिन, टंगे नज़र आते हैं' और 'तारे जम्हाइयां लेते हैं।' मुझे लगता है कि गुलज़ार की कविता, उनका देखा हुआ ख़्वाब है जो कांच की तरह बिखरा पड़ा है। उस पर नज़र पड़ते ही उस बिखरे हुए कांच में हमें अपना अक्स दिखायी पड़ता है। गुलज़ार की कविता, मनन करने और महसूस करने की वस्तु है। इनकी रचना, पढ़ने और गुनगुनाने से बढ़कर महसूस करने की वस्तु है। 'खामोशी' फिल्म के गीत की पंक्ति 'सिर्फ़ एहसास है यह रूह से महसूस करो' इनकी साहित्यिक रचनाओं का केन्द्रिय स्वर है।

गुलज़ार की कविताओं में औरतों के मसायल

बेनजीर, शोधार्थी,

समाज में औरतों के बिगड़ते हए हालात को कोई भी लेखक या कवि नज़रअन्दाज़ नहीं कर सकता वह उसे अपने लेखन में कहीं न कहीं जरूर दर्ज करता है। इसकी सबसे बड़ी वजह यह है कि आज समाज में सदियों से दबाया सताया गया कोई भी तबका हो वह अपने अधिकारों को लेकर अपनी आवाज़ बुलन्द किये हुए है उनमें औरतें प्रमुख है। आज के दौर में औरतों से जुड़े हुए मसले को लेकर समाज में जो क्रान्ति आई है उसे हर बुद्धिजीवी वर्ग बखूबी महसूस कर रहा है। उनमें से गुलज़ार भी एक ऐसे कवि है जो कि औरतों के मसले को बड़ी बारीकी से देखने और परखने की कोशिश करते हैं।

गुलज़ार हिन्दुस्तान की ऐसी शख्सियत के रूप में शुमार है जिस पर यहां की आवाम को फक्र होता है। भारतीय सिनेमा में गुलज़ार ने जो मिसाल कायम की है वह अतुलनीय है। गुलज़ार, गीतकार, लेखक, पटकथा लेखक, निर्देशक, नाटककार होने के साथ-साथ प्रसिद्ध कवि भी है। गुलज़ार की कविताओं में प्रेम, प्रकृति, समाज आदि सभी बड़े ही दिलचस्प और बेजोड़ हैं जो कि सहज ही पाठक को अपनी ओर आकर्षित करते हैं। आधुनिक समय में जो नारीवादी संघर्ष जारी है उससे कहीं न कहीं गुलज़ार जैसा कवि भी अछूता नहीं है। सदियों से हो रहे महिलाओं पे अत्याचार को कवि ने बड़े संवेदनशील ढंग से अपनी कविताओं में अभिव्यक्त किया है। गुलज़ार ने औरतों की समाज और परिवार में क्या स्थिति है उसे बड़े ही मार्मिक ढंग से अपनी कविता के माध्यम से उसका उल्लेख किया है।

'बुढ़िया रे' नामक कविता में कवि ने ऐसे परिवार की कहानी कही है जिसमें हम देख सकते है कि आधुनिक समय में किस प्रकार से संयुक्त परिवार टूट रहे हैं। दिन पर दिन इनका महत्व कम होता जा रहा है और

एकल परिवार कुछ इस तरह का है कि जहां बच्चों की परवरिश ठीक से नहीं हो पा रही है एकल परिवार में ज्यादा तनावपूर्ण माहौल होने के कारण बच्चे किस तरह से कुंठा के शिकार हो जाते है कवि भी कहीं न कहीं इस तनाव को महसूस कर रहा है और आज़ादी के बाद हो रहे इस महत्वपूर्ण बदलाव को चुनौती भी दे रहा है। कवि कहता है कि-

बुढ़िया रे, तेरे साथ तो मैंने, जीने की हर शै बांटी है!

दाना-पानी, कपड़ा-लत्ता, नींदे और जगराते सारे,

औलादों के जनने से बसने तक, और बिछड़ने तक!

उम्र का हर हिस्सा बांटा है।

तेरे साथ जुदाई बांटी, रूठ, सुलह, तन्हाई भी,

मेरे दर्द सहे है तूने,

तेरी सारी पीड़ें मेरे पैरों में से गुजरी हैं,

साथ जिए हैं-

साथ मरे ये कैसे मुम्किन हो सकता है?

दोनों में से एक को एक दिन,

दूजे को शमशान पे छोड़ के,

तन्हा वापस लौटना होगा!"

कवि ने ऐसी औरतों की पीड़ा को भी महसूस किया है जो कि बांझ कह के परिवार में सभी सदस्यों के द्वारा दोहरे श्शोषण का शिकार होती हैं खासतौर पर अपने पति के द्वारा। कह सकते है कि पितृसत्तात्मक समाज का दंश औरत को कहीं न कहीं झेलना ही पड़ता है। ऐसे में 'बांझ' नामक कविता में कवि औरत की व्यथा को कुछ इस तरह से अभिव्यक्त करता है।

कोई चिंगारी नहीं जलती कहीं ठंडे बदन में

सांस के टूटे हु, तागे लटकते है गले से

बुलबुले पानी के अटके हु, बर्फाब लहू में

नींद पथराई हुई आंखो पे बस रखी हुई है।

रात बेहिस है, मेरे पहलू में लकड़ी सी पड़ी है।

कवि ने ऐसी औरत की भी दास्तां कही है, जो कि बाज़ार में एक वस्तु की तरह खरीदी और बेची जाती है। ऐसी औरतें जो अपने जिस्म का सौदा करके मर्दों की शारीरिक भूख को शान्त करती है। एक ऐसी औरत जिसको अपनी तमाम जरूरतों को पूरा करने के लिए अपने आप ऐसे रास्ते अपनाने पड़ते हैं कि जिस पर चलकर एक छत भी नसीब नहीं होती जहां कि वह अपना एक परिवार बसा सके एक खुशहाल जिन्दगी जी सकें। औरत की इसी जिज्ञासा को कवि ने 'पोर्टरेट ऑफ प्रॉस्टीट्यूट' कविता में कुछ इस प्रकार से प्रस्तुत किया है।

खेत के सब्ज़े में बेसुध-सी पड़ी है दुबकी

एक पगडंडी की कुचली हुई अधमुई-सी लाश।

तेज़ कदमों के तले दर्द से कराहती है,

दो किनारों पे जवां सिटटों के चेहरे तककर,

चुप सी रह जाती है ये सोच के बस

यू मेरी कोख कुचल देते न राहगीर अगर

मेरे बेटे भी जवां हो गये होते अब तक

मेरी बेटी भी तो अब व्याहने के काबिल होती।

कवि ने जहां एक ओर समाज में औरतों की ऐसी शर्मनाक स्थिति की ओर इशारा किया वहीं औरत को प्रतीक मानकर औरत होने के वास्तविक एहसास को भी कवि ने अभिव्यक्ति दी है। इससे जाहिर होता है कवि के लिए प्रेम का वास्तविक स्वरूप क्या है और कविता में प्रेम तत्व कितना महत्वपूर्ण है 'फ़ासला' नामक कविता में लिखते हैं कि

"तकिये पे तेरे सर का वो टिप्पा है, पड़ा है

चादर में तेरे जिस्म की सोंधी-खुशब

हाथों में महकता है तेरे चेहरे का,

हसास माथे पे तेरे होंठों की मोहर लगी है

तू इतनी क़रीब है कि तुझे देखू तो कैसे

थोड़ी सी अलग हो तो तेरे चेहरे को देखूं ''।

ठीक इसी प्रकार से कवि ने 'एहसास' नामक कविता में भी स्त्री को प्रतीक मानकर अपनी कोमल भावनाओं को अभिव्यक्ति दी है और हमारे मनोभावों को बड़े ही मार्मिक तरीके से प्रस्तुत करने का सफल प्रयास किया हैं।

सिर्फ एहसास हो कि तुम पास हो, बस

सिर्फ़ एहसास हो कि नज़दीक हो तुम'

अनगिनत लोगों में? बराई हुई

अजनबी आंखों से लजाई हुई

तन पे लगती है चिपकती आंखें

बर्फ़-सी ठंडी, सुलगती आंखे

अनगिनत नज़रों में उलझा, लिपटा

अनगिनत चेहरों में रक्खा चेहरा

सैकड़ों तांगों में उलझाई हुई

सहमी सिमटी हुई शर्माई हुई।

इन्होंने फिल्मी दुनिया को जिस तरह से जिया है परखा उसके अनुसार समाज में अन्य औरतों की क्या हैसियत है उसको 'मार्डल' कविता के माध्यम से कवि ने कुछ इस तरह से शब्दों में पिरोने की कोशिश की है। आज भूमंडलीकरण के दौर में जिस बाज़ारवादी संस्कृति का दिन-प्रतिदिन विकास हो रहा है, जिसमें औरत एक वस्तु मात्र बन कर रह गयी और लोगों के हाथों में व्यापार की कुंजी की तरह तो ऐसे में कवि इस कड़वे सच की ओर संकेत करते हुए कहता है कि-

“ज़रा-सी गर पीठ नंगी होती
फटे हुए होते इसके कपड़े
लबों पे गर प्यास की रेत होती
और एक दो दिन का फ़ाक़ा होता
लबों पे सूखी हुई-सी पपड़ी
ज़रा-सी तुमने जो छीली होती,
तो खून का एक दाग होता,
तो फिर ये तस्वीर बिक ही जाती!”

‘रेप’ ऐसी कविता है जो आए दिन औरतों पर हो रहे जुल्म की वो तस्वीर सामने लाती है जो कि हमारे जिन्दगी का एक खौफ़नाक हिस्सा बन चुका है। समाज में हो रही ऐसी क्रुर हिंसा को देखकर या सुनकर हम अनसुना कर देते हैं। हम ऐसे समाज में जी रहे हैं, जहां इन औरतों की कराह भी हमें सुनाई नहीं पड़ती न जाने हमारी संवेदनशीलता कहां मर गयी है अगर कोई इस दर्द को महसूस कर रहा है। वह ऐसा ही कवि है, जो समाज में औरतों के साथ हो रहे यौन हिंसा के प्रति सतर्क है और लोगों को सचेत करने की कोशिश करता रहता है।

“ऐसा कुछ भी तो नहीं था, जो हुआ करता है फिल्मों में हमेशा!
ना तो बारिश थी, न तूफानी हवा, और न जंगल का समां,
ना कोई चांद फ़लक पर कि जुनूं-ख़ेज़ करे।
ना किसी चश्में, न दरिया की उबलती हुई फ़ानूसी सदा,
कोई मौसिकी नहीं थी पसेमंज़र में कि जज़्बात में हेजान मचा दे!
न वह भीगी हुई बारिश में, कोई हूरनुमा लड़की थी।
सिर्फ औरत थी वह कमज़ोर थी वह,
चार मर्दो ने कि वो मर्द थे बस, पसे दीवार उसे रेप किया!”

इस प्रकार से स्पष्ट है कि गुलज़ार की कविताओं का अध्ययन इस

दृष्टि से भी महत्वपूर्ण हो जाता है कि हम समाज से जुड़ी हर तरह की समस्याओं जैसे औरतों के मसायल आदि को बखूबी देखा जा सकता है। इसके साथ ही साथ गुलज़ार की कविताओं में जो कोमल भाव, सौन्दर्य, प्रेम तत्व देखने को मिलता है वह बेमिसाल है।

गुलज़ार की कविता ओं में जहां एक ओर सुकोमल भावों की अभिव्यक्ति हुई है वही दूसरी ओर समाज के लिए एक नसीहत भी है। कवि की ये कविता, नारीवादी आन्दोलनों के उन तमाम सवालों से जोड़ती जिसके लिए आज समस्त शिक्षित महिला, संघर्षरत है और पितृसत्ता के खिालाफ अपनी लड़ाई को जारी रखे हुए हैं। कह सकते है कि गुलज़ार की कविताओं में औरतों से जुड़े हए हर पहलू (प्रेम, सौन्दर्य करूणा और सहानुभूति) जिस यथार्थपूर्ण ढंग से आये हैं, वह अद्‌भुत है।

शहद में डूबे अल्फ़ाज़

डॉ श्रीमती अनुराधा शर्मा

शब्द जब गहरी सोच के शहद में डूबकर कागजों के बीच बैठते है या गीत बनकर कानों से होते हुए दिल में गहरे उतर जाते हैं तो निश्चित ही वो शब्द या वो गीत किसी और के नहीं गीतकार लेखक गुलज़ार के होंगे। गुलज़ार एक ठहरे हुए लम्हे का नाम नहीं है जो एक रूह गीतों को जन्म देते रहे हो। ये नाम हैं बहते हुए उस समय का जिसने लगभग तीन पीढ़ियों को गीत दिये और हर पीढ़ी को ये एहसास दिलाया कि वो उसी पीढ़ी के गीतकार हैं। गीतकार, कवि, साहित्यकार, फिल्म निर्देशक, पटकथा लेखक और संवाद लेखक की भूमिका में श्वेतवसना एक सामान्य सा, हम आप सा दिखने वाला लेकिन महान व्यक्तित्व 'गुलज़ार' और नाम जब गुलज़ार हो तो अपने समय की मशहूर अदाकारा राखी भी उनकी पत्नी बनकर राखी गुलज़ार हो जाती है।

1961 से अपने महान कार्यो का सफर आरभ करने वाले गुलज़ार वर्तमान में भी अपने उन कार्यो के साथ इस समाज को वो सब देते हुए आये हैं और दे रहे हैं पर उसी गुणवत्ता के साथ जिससे उन्होंने आवाम के दिलों में जगह बनाई थी। जो शायद हम सब के जीवन में रोजमर्रा में यूं ही गुजर जाने वाले बहुत से सामान्य शब्द हैं जिन्हें हम अहमियत भी नहीं देते और यूंही गुजर जाने देते हैं। आम जिंदगी के उन्हीं शब्दों का उपयोग करके गुलज़ार ने अपने गीतों से श्रोताओं को खींच लेने की कला के माहिर फनकार बनाया। उनके गीत शायद इसलिये हमें अजीज ने की हमारे अपनी जिंदगी के कुछ बेहद सामान्य लम्हों की झलक हमें दिखाते हैं, जो शायद भारी-भरकम और क्लिष्ट शब्दों के साथ बहुत कोशिशों के साथ भी गीत लिखने वाला गीतकार न कर सके।

गुलज़ार साहब ने अपने साढ़े पांच दशकों के कृतित्व भरे सफर में 122 फिल्मों में विभिन्न क्षेत्रों में अपना योगदान दिया। लेकिन अपने काम

की गुणवत्ता को उन्होंने हमेशा प्राथमिकता दी। यदि रेडियो पर किसी गीत के पूर्व में गीतकार का नाम गुलज़ार बता दिया जाए तो शायद ही कोई ऐसा शख्स होगा जो एक बारगी उस गीत के अल्फाज को नजरअंदाज कर दे। ऐसा वे तब कर पाये जब उन्होंने थोक भाव से गीत नहीं लिखे। संख्या और उससे कमाये जाने वाले पैसों से अधिक उन्होंने हमेशा गुणवत्ता पर ही जोर दिया। सिनेमा जगत के व्यवसायिकता से भरपूर वातावरण में अपनी इस ईमानदार अस्मिता को बचाए रखने वाले व्यक्तित्व की पहचान बनाये रखने के लिये शायद ये त्याग सबसे बड़ा कारण है। जिसने गुलज़ार को हमेशा गुलज़ार बने रहने में सहायता की। इसी वजह से उनकी प्रासंगिकता अक्षुण्ण और अनवरत है। उनके ऐसे बहुत कम गीत हैं जो गुमनामी के अंधेरों में खोये हो। उनके गीतों में विविधता ही उनकी पहचान है। चाँद, रात, धूप, प्रेम, आसमान, बारिश जैसे शब्दों के साथ-साथ ऑचल, चादर, तकिया, कागज और कंघे जैसे गैर साहित्यक और गीत-संगीत की रूह से दूर रोजमर्रा के शब्द उनके गीतों को कुछ अलग ही रूप दे देते हैं। अपने गीतों मे गुलज़ार ने कुछ शब्द भी इजाद कियें हैं। चप्पा-चप्पा, चुपडी चुपडी, छईयां छईयां, छईं छप्पा छईं, मय्या मय्या, हुम हुम शब्दों के प्रयोग से गीत और खास हो जाता है। जमाना बदला पर गुलज़ार साहब की कलम और तेज होती चली गयी, अब गुलज़ार साहब नए जमाने के हिसाब से गीत लिखने लगे और वो भी सुनने वालों के दिलों में छाते चले गए, चल छैंया छैंया, कजरारे कजरारे, बीड़ी जलाई ले, जुबां पे लागा, बरसों रे मेघा, दिल तो बच्चा है जी, आदि।

गुलज़ार को हिन्दुस्तान के सिनेमा-जगत में एक संवाद-रचयिता, पटकथा-लेखक, निर्माता और निर्देशक के रूप में भी उतनी ही शिद्दत से शामिल किया जाता है, जितनी शिद्दत से एक गीतकार के रूप में शामिल किया जाता है। गीतों के साथ-साथ सफल संवाद लेखक भी हैं गुलज़ार। अभिव्यक्ति के अनेक रूपों से जुडकर भी गुलज़ार ने अपनी शख्सियत को किसी एक चेहरे में नहीं सिमटने दिया। वे जिस भी रूप में सामने आए - सम्पूर्णता के साथ आए। अपने रचे एक-एक शब्द के साथ उन्होंने उतना ही न्याय किया, जितना परदे पर मचलते चरित्रों को निर्देशित करने में किया।

हिन्दी और उर्दू भाषा के माध्यम से चलचित्र जगत में साहित्य की सेवा में रत। क्लिष्टता से बचने की भरसक कोशिश, जिससे गीत साधारण जनता को समझने में आते हैं। उन्होंने कई गीतों की रचना की किन्तु सभी गीतों में साहित्यकता का निर्वाह नहीं किया। उनके कृतित्व व शायराना अंदाज और जीवन दर्शन की सही अभिव्यक्ति उनके गीतों में हुई है।

चलचित्र गीत बिना उर्दू शब्दों की सहायता के लिखे ही नहीं जा सकते हैं। परन्तु गुलज़ार ने उर्दू की नाजुकख्याली जो एक गजलगो शायर की पहचान है, बनाए रखी। उर्दू वालों ने भी उन्हें अपने अदब में स्थान दिया है। यथार्थ कम और भावना का आधिक्य होता है, उनके ऐसे फिल्मी गीत विद्यमान है। अपने प्रेम का विस्तार वह समस्त जगत में करना चाहते हैं, क्योंकि प्रेम ही चरम व शाश्वत सत्य है। लौकिक प्रेम से ही पारलौकिक प्रेम की अभिभूति होती है। शब्द तो ब्रम्ह का अंश है अतः वह कभी नष्ट नहीं होता। इसलिये उन्होंने प्रेम को सर्वोच्य मान्यता दी है। भावों की गहराई को छोड़कर कल्पना की ऊंची उड़ान उनके गीतों में परिलक्षित होती है।

1960 के दशक में आई 'काबुलीवाला' के लिए उनका रचा गीत 'गंगा आए कहाँ से' उन्हें फिल्मकारों का चहेता गीतकार बना गया और उसके बाद तो 'मोरा गोरा अंग लई ले', 'तुम्हें जिंदगी के उजाले मुबारक', 'वो शाम कुछ अजीब थी' और 'हमने देखी है इन आँखों की महकती खुशबू' जैसे नग्मे - जो क्रमशरू 'बंदिनी', 'पूर्णिमा', 'सफर' और 'खामोशी' से थे -हिन्दुस्तान का सारा युवा-वर्ग प्रेम और मस्ती से गुनगुनाने लगा। मिलन के साथ विरह गीतों में भी गुलज़ार ने उसी खूबसूरती से दर्द विरह पीड़ा और प्रेमी-प्रेमिका के वेदनानुभूतियों को सार्थक अभिव्यक्ति प्रदान की है। जीवन में प्रियतमा का वियोग हृदय के टुकड़े कर डालता है। जहां जीवन मृत्यु से भी भयानक लगने लगता है।

गुलज़ार ने यह सिद्ध कर दिया है कि कविता या शायरी ईश्वरीय देन है। इसके लिये शिक्षा नहीं अपितु काव्य प्रतिभा चाहिये। उनके हिन्दी फिल्मी गीतों में पात्र और भावानुरूप भाषा का प्रयोग मिलता है। कलापक्ष कमजोर और गौण होते हुए भी आनंद की प्राप्ति उनके गीतों में होती है। यही सहज काव्य प्रतिभा उनका मुख्य गुण है। 1980 के दशक में 'थोड़ी-सी बेवफाई',

'मासूम', 'सदमा', 'लिबास' आदि फिल्मों के गीत लिखकर गुलज़ार ने फिर साबित किया कि सिनेमाई माध्यम साहित्यिक प्रयोगधर्मिता को बहुत ही कद्र के साथ कबूल करता है बशर्ते रचनाकार अपने हुनर में दक्ष हो। उन्होंनें विषम आर्थिक परिस्थितियों से संघर्ष कर एक सफल गीतकार की स्थिति प्राप्त की है जो अनेक गीतकारों के लिये ईर्ष्या की बात हो सकती है।

वियोग के बिना संयोग का आस्तित्व कैसा, वियोग के कारण ही मिलन की तीव्रता और अधिक बढ़ जाती है। गुलज़ार के प्रेम पात्र निश दिन यादों में डूबे रहते हैं उन्हें चैन नहीं मिलता। गुलज़ार के रचना-संसार में 'प्यार' का प्रत्यय कभी हल्के रूप में उजागर नहीं हुआ। उनकी किसी भी रचना में, जो प्रेम के भाव से पगी है। संवेदना को इंसान के दैहिक आकर्षण से ऊपर उठाकर इस कदर सूफियाना रंग से रंग दिया गया है कि मानवीय प्रेम उस परवरदिगार, उस महबूब से जुड़ता हुआ दिखाई देता है, जिसकी सत्ता की सभ्य समाज में एक संरक्षक के रूप में कल्पना की जाती है।

जब भी ये दिल उदास होता है। जाने कौन आस-पास होता है।

आने वाले समय में हिन्दी या उर्दू दोनों भाषाओं में गुलज़ार की टक्कर का गीतकार कम से कम चलचित्र जगत में पैदा होना असंभव नहीं तो कठिन अवश्य है। जो आशु कवित्व बंदिशों की अपनी परख, सुर-लय और ताल को छोड़कर परिस्थितियों को समझकर गीत लिखना, गुलज़ार के अलावा किसी अन्य गीतकार में दिखाई नहीं देता। कलम के दीवाने अपनी भावनाओं को शब्दों से बुनते रहते हैं। भावनाओं का शृंगार करना कोई आसान काम नहीं है! ...इसके लिए उन्हें अपना हृदय जलाना होता है। वह युगसृष्टा के साथ युगदृष्टा भी होता है। समझाइश गुलज़ार की रचनाओं से शहद की तरह टपकती है, क्यों गुलज़ार पाठक या श्रोता को अपनी हस्ती का हिस्सा बना लेते हैं और क्यों उनके शब्दों में इतना सम्मोहन है कि लोग उनकी रचनाओं को बार-बार पढना या सुनना चाहते हैं?

'शाब्दिक चमत्कार नई-नई तुकबंदिया और नवीन प्रयोग को उन्होंने अपनाया और भाषा के क्षेत्र में हिन्दी, उर्दू के अतिरिक्त प्रांतीय और अन्य लोक भाषाओं के शब्दों और लोक धुनों को भी आत्मसात कर चलचित्र गीतों

की रचना कर डाली। इनके गीतों में साहित्य का अनुपात कम और काम चलाऊ तुकबंदिया अधिक होते हुए भी वह सर आँखों पर लिये गये। किन्तु आज कल जितनी शीघ्रता से व्यवसायिक आधार पर गीत लेखन का कार्य करना पड़ता है उतने कम समय में साहित्य कला का निर्वाह करना असंभव नहीं तो कठिन अवश्य है, और इसकी शुरूआत गुलज़ार ने तीन दशक पहले ही कर दी थी। इसलिये ये गीतकार आधुनिक हवाओं का प्रतिनिधित्व करता हुआ नजर आता है। यह कटु सत्य किससे छुपा है कि बाजारवाद के इस अंधे युग में गुणवत्ता को बरकरार रखते हुए अपनी प्रासंगिकता को बनाए रखना किसी रचनाकार के लिए कितना चुनौतीपूर्ण कार्य है! इस दौर में भी गुलज़ार ने अपनी भावप्रवण रचनाओं से बार-बार साबित किया कि नए प्रतीकों को गढना कोई उनसे सीखे।

गुलज़ार ने अपने काव्य में बुद्धि की अपेक्षा हृदय को, बाह्य की अपेक्षा आंतरिक पक्ष को ही अधिक महत्व प्रदान किया है, जबकि होना चाहिये इसके वितरित। जैसा की फिल्मी गीतों की रचना का तकाजा है। स्वानुभूमि के साथ-साथ उनके गीतों, पात्रों और चरित्रों की मानसिक पीड़ाओं, अज्ञातों, वेदनाओं, हर्ष-उल्लास आदि भावनाओं के साथ तादात्म्य कर उन्हें सरल सहज शब्दों में अभिव्यक्ति प्रदान की है। कवि होने के नाते उनका शब्दिक चमत्कारों या अलंकारों में विश्वास नहीं है। यदि कोई गीत या पंक्ति या शब्द किसी दर्शक या सामान्य श्रोता की बुद्धि के बाहर जाते हैं तो विद्वानों का ऐसा कथन है की 'दोष श्रोता का नहीं अपितु वक्ता का होता है' लगभग यही बात हमें गुलज़ार के गीतों में हमें देखने को मिलती है। ऐसी तीव्र एवं मार्मिक अनुभूतियां जो बुद्धि की कुंडलिनी चक्र को भेदकर सीधे हृदय पर आघात करती है। इसलिये उनके गीत सभी तबकों की ज़ुबान पर आसानी से चढ़ जाते हैं। उनके काव्य में हमें प्रगतिशीलता के दर्शन होते हैं। इसमें सदैव रूढ़ियों, पुरातन परम्पराओं और सड़े-गले अंध विश्वासों के विरूद्ध विद्रोह का स्वर बुलंद दिखता है। उनके शब्दों में इतना सम्मोहन है कि लोग उनकी रचनाओं को बार-बार पढ़ना या सुनना चाहते हैं।

उन्होंने जहां दैन्य, निराशा और पलायन वाद, कुंठा और वर्जनाओं को वाणी दी है वहीं प्रगतिशीलता उनके काव्य का आधार स्तम्भ है। गीतकार

गुलज़ार के गीतों में प्रायः हमें सभी नौ रसों का पूर्ण परिपाक मिल जाता है। पाश्यचात्य सभ्यता और संगीत के अंधानुकरण से वे अछूते रहे हैं। मनुष्य की शक्ल और सूरत या पोशाक (वेशभूषा) को देखने की आवश्कता नहीं होती वरन् उनकी भावनाओं को पहचाना जाना चाहिये। सिनेमा हॉल के करोड़ों ऑखों से अश्रुपात कराने की सामर्थ गुलज़ार के गीतों में है। क्योंकि ये गीत हृदय की दवात में कलम डुबाकर लिखे जाते हैं। स्वानुभूति की अभिव्यक्ति गुलज़ार का प्रधान गुण है। वे एक अच्छे और सच्चे कवि ही नहीं सही मानों मे सच्चे इंसान है जो सदैव अपनी आत्मा के गीत गाते हैं। मन के दिये की रोशनी में ही इस गीताकर ने अपना मार्ग प्रशस्त कर लिया।

कोई भी फिल्म किसी व्यक्ति के एक उद्यम का नतीजा नहीं होती। फिल्म एक सामूहिक प्रयास होता है, जिसमें मनोरंजन को केन्द्र में रखते हुए समाज की स्थितियों का इतनी खूबसूरती से चित्रण किया जाता है कि इंसान के भीतर करवटें ले रहा सच और झूठ परदे पर किरदारों का रूप लेकर एक तरह से जीवित ही हो उठता है। यह भारतीय उपमहाद्वीप ही है, जहाँ के सिनेमा में इन किरदारों को गीतों और संवादों के माध्यम से पूरी तरह से लौकिक स्वरूप प्रदान करके अभिव्यक्ति के नए व नक्काशीदार दरवाजे खोले गए। गुलज़ार इन्हीं दरवाजों के भीतर भावनाओं के शिल्पी बनकर कभी मुस्कराते हुए तो कभी उदास होते हुए आते-जाते रहे हैं। बीच-बीच में उनका ठहराव शुद्ध साहित्य की बस्ती में गहरी जड़ें जमाकर प्रतिष्ठित हुए बरगदों के साथ भी होता रहा है।

गुलज़ार साहब के कुछ गीतों की बात हम कर ले, जो या तो फिल्म नहीं चलने कारण उतने नहीं सुने गए या फिर कुछ ऐसा हुआ की उसी फिल्म का कोई ओर गीत ज्यादा मकबुल हो गया। इस कारण कुछ गीत बहुत अच्छे होने के साथ भी बरगद की छांव तले होकर रह गए। 1966 में आई फिल्म सन्नाटा और उनके प्रभाव वाले गीत की हम आत करें तो वैसे भी गुलज़ार साहब के गीतों को सलील चौधरी, हेमंत कुमार और पंचम दा के संगीत में कुछ अलग रंग ही मिलता है। वे नशा पैदा करने लगते हैं। सन्नाटा फिल्म में यू तो लता जी ने चार गीत गाए और हेमंत कुमार ने एक गीत गाया। संगीत हेमंत दा का ही था। ये गीत हेमंत दा और लताजी दोनों ने गाया।

लेकिन लता के गाये इस गीत की बात कुछ अद्भूत है। गीत के बोल है-

बस एक चुप सी लगी है, नहीं उदास नहीं है, कहीं पर सांस रूकी है, नहीं उदास नहीं है बस एक चुप सी लगी है।

जय भादुड़ी पर फिलमाये गीतों में शुमार है। गुलज़ार का ये गीत जो १९७२ में आए एक गुमनाम सी फिल्म दूसरी सीता का है। गीत के बोल-दिल जा रहे हैं ये रातों के साये, अपनी सलिबे अपनी आप ही उठाये, उनकी बेबाक तबियत का मुजाहिरा उनके गीतों में होता है, उनकी सोच दसों दिशाओं में एक साथ एक समान गति करती है जब वे लिखते हैं।

'किस मोड़ से आते हैं, कुछ सुस्त कदम रस्ते, कुछ तेज कदम राहें'

गुलज़ार की फिल्मों में उनकी सोच के साथ उनके गीत कुछ इस कदर गुंथे हुए होते है कि वो गीत न होकर फिल्म की चाल में आने वाले आम संवाद ही नजर आते हैं। न्यूनतम किरदारों के साथ एक ऐसा किरदार खड़ा कर देता है जो हर दर्शक के अंतस में कहीं छुपा है। फिल्म को देखते हुए हर दर्शक का हृदय उस छोटी सी दुनिया में सिमट कर ही सोचने लगता है जैसे छोटा सा परदा ही उसका सम्पूर्ण संसार है। गुलज़ार गीतों के ऐसे रचयिता हैं जो जिंदगी को हजारों नजरियों से देखते हैं। एक आम गीतकार जहां जिंदगी को जीने, गुजारने, बिताने और संवारने की बात ही कर सकता है वहां गुलज़ार जिंदगी को कतरा-कतरा पीने का सुख भी अपने गीतों में बिखेर देते हैं और जिंदगी की ये परिभाषा गुलज़ार ने इजाजत फिल्म के गीत में बड़ी खुबी से पिरोई है। 'कतरा-कतरा मिलती है कतरा-कतरा पीने दो, जिंदगी है जिंदगी है प्यासी हूं मैं प्यासी रहने दो'।

गुलज़ार का हर वो गीत जो अपने आप में एक तल्ख सच्चाई छुपाये हुए हैं यदि उसे हम रात के अंधेरे में तकिये में चेहरा डालकर सुने तो वो एक तन्हा इंसान को और अधिक तन्हा करने की ताकत रखता है। हर गीत सुनकर यह अनुभव होता है कि शायद यह गीत उन्हीं परिस्थितियों में रचा गया है जिन परिस्थितियों से श्रोता गुजर रहा होता है।

गुलज़ार को सादे वेश में देखकर कोई अंदाजा नहीं लगा सकता कि यह आदमी सिक्ख है, लेकिन सिक्खों की सूफियाना फितरत उनकी रचनाओं में

बार-बार उभरकर सामने आई है। उनका यह 'मर्सिया' आप सीधे अपने हृदय तक उतरते हुए महसूस करेंगे -

क्या लिए जाते हो तुम कन्धों पे यारो
इस जनाजे में तो कोई भी नहीं है,
दर्द है न कोई, न हसरत है, न गम है।
मुस्कराहट की अलामत है न कोई आह का नुक्ता
और निगाहों की कोई तहरीर न आवाज का कतरा
कब्र में क्या दफन करने जा रहे हो?
सिर्फ मिट्टी है ये मिट्टी -
मिट्टी को मिट्टी में दफनाते हुए
रोते हो क्यों ?

मौलिकता ही किसी शायर को, किसी कवि को, किसी अफसानानिगार को वह वैशिष्ट्य प्रदान करती है, जिसके कारण वह इतिहास का एक सुनहरा पन्ना बन जाता है। 'प्यार' की तरह 'मौत' भी गुलज़ार के लिए शब्दों के अनूठे प्रयोगों की आधारभूमि है। वे मौत का खौफ पैदा नहीं करते, बल्कि वे उसे गौरवान्वित कर देते हैं -जिस्म सौ बार जले तब भी वह मिट्टी का ढेला, रूह इक बार जलेगी, तो भी वो कुन्दन होगी!

तीन पक्तिंयों का रचना संसार

डॉ. सोनाली नरगुन्दे

लेखन में त्रिवेणी एक ऐसी विधा है जो गुलज़ार साहब की कलम से निकलकर आम आदमी तक पहुंची है। तीन लाईनों में किसी बात को कहना और उसका ऐसा मायना पढ़ने और सुनने वाला सिर्फ सोचता रह जाए यह अपने आप में अद्‍भुत एहसास कि जिसके लिए शब्द सोचना पड़े। यों तो गुलज़ार साहब की सभी पक्तिंयों में यह अनुभूति सशक्त है परंतु उन्होंने रची यह नवीनतम विधा अपने आप में सुखद है। अब इसी में लीजिए कि रोज उठकर चांद टांगा है, मानो किसी ने चांद को टांग दिया है फलक पे या फिर रोज...दिन की रोशनी में मानो पूरा दिन लगा दिया किसी इंतजार में। दिनभर चलकर रात को पहुंचा और उस पर भी मानो हाथ भर के फासले को उम्र भर चलना पड़ा। किसी रिश्ते में यह बहुत सहज है कि किसी बात को समझाने में पूरी उम्र कट जाती है। लेकिन रिश्तें में फासला बना ही रहता है। किसी भी रिश्ते में ऐसे मुकाम रोज आते हैं। लेकिन फिर भी यह कोशिश जारी रहती है।

रोज उठकर चांद टांगा है फलक पे रात को
रोज दिन की रोशनी में रात तक आया किए
हाथ भर के फासले को उम्रभर चलना पड़ा।

इस त्रिवेणी में साहब कहते हैं कि सांवलेसाहिल पे मानो किसी सांवली लड़की का बयान हो जिसे गुलमोहर के पेड़ से तुलना कर किसी धर्म में बांध दिया हो। किसी का भी इश्क में धर्म क्या पर समाज के रहमोकरम पर पलने वाले हम लोगों के लिए तो लैला के इश्क में भी मजहब का लेनादेना बड़ा है। बकौल गुलज़ार साहब लैला का धर्म और गुलमोहर का पेड़ दोनों दो पक्ष है। गुलमोहर का फूलना और लैला का मांग भरना सापेक्ष है। उस पर प्रेम के परे धर्म की बातें। यह सभी इंसानों के साथ होता है

तो लैला उससे अछूती कैसे रह सकती है?और गहराई में जाने पर एहसास होता है कि गुलज़ार इंसानी जिस्मों में रंग को तरजीह देते हुए रंगभेद पर भी कई कसीदें काढ़ जाते हैं।

सांवले साहिल पे गुलमोहर का पेड़

जैसे लैला की मांग में सिंदूर

धर्म बदल गया बेचारी का।

लोग गुस्से में बम नहीं बनते तो फिर कैसे बनते हैं?यह सवाल लोगों को परेशान कर सकता है साहित्यकारों को नहीं क्योंकि वे तो खुद ऐसे बम बनाते फिरते हैं।

बस हवा ही भरी गोलों में

सुई चुभ जाए तो पिचक जाएं

लोग गुस्से में बम नहीं बनते।

यह भी एक त्रिवेणी है जिसका अर्थ अपने स्तर पर किया है परंतु वास्तव में गुलज़ार साहब की भावना पूर्णतया समझ आई है या नहीं कहना मुश्किल है। मुन्नी के आंख के काजल की तुलना रात से करना और मुन्ना के टार्च जलाने पर सुबह का आभास होना दोनों बातें अलग है। साथ ही मुन्नी का सुबह सूरज से शरमाना उससे भी अलग है। समझ नहीं आया कि रात है या फिर सुबह। बस इतना ही अंदाज होता है कि यह

फ्राक उठाकर पोंछ रही थी मुन्नी आंख से काजल

टार्च जलायी मुन्ने ने आह ये क्या चौंक गई

सूरज से शरमा गई देखा नन्ही मुन्नी सुबह

चचा गालिब की दुआ बरसों जीने की और लिखने-पढ़ने वालों के तमाम बरस कुछ चंद दिनों में ऐसे ही बीत जाते है। फिर भी बहुत कुछ बाकी रह जाता है करने के लिए।

हमको गालिब ने यूं दुआ दी थी

तुम सलामत रहो हजार बरस

ये बरस तो बस दिनों में गया

दिन और रात दोनों में से हाथ में कुछ भी बाकी नहीं रहता। कभी रात भिखारिन हो जाती है तो कभी हम खुद। ऐसा कहते हुए गुलज़ार साहब चांद को कौड़ी की तरह अनमोल भी कहते हैं और बाजार में ना चलने वाली कौड़ी भी।

हाथ में लेकर बैठा था मैं दिन का खाली कासा
रात भिखारिन चांद की कौड़ी देकर चली गई
और भिखारी कर गई मुझको देखा एक भिखारिन।

सिर पर दिखने वाले आसमान को कसने की बात भी अजूबी है। फलक को बांधने और तानने के साथ उसके सिर पर न गिरने की आरजू सिर्फ और सिर्फ गुलज़ार साहब ही कर सकते हैं।

जरा पकड़ लो इसे खींचों और तानों जरा
फलक को कसके चलो बांध दे उपर
खुदा के ठुड्डे से टुटे न सर पे अब के फलक

गरीबी और फंतासी एक साथ कैसे दिखाई देती है? मां की दुआ में चांद सी दुल्हिन है जिसकी तुलना चांद और रोटी से की गई है। हर मां का सपना होती है कि उसके बेटे को चांद सी दुल्हिन मिलें पर मजबूरियां और भूख हर सपने को चूर कर देते हैं। चांद भी रोटी सा नजर आता है।

मां ने इक चांद सी दुल्हिन की दुआ दी थी
आज की रात जो फुटपाथ से देखा मैंने
रात भर रोटी नजर आया है वो चांद मुझे।

इश्क का इंतजार इस त्रिवेणी में नजर आता है। कोई किसी का शाम से इंतजार कर रहा है लेकिन उसके नसीब में वो नहीं जिसकी उसे आरजू है। किसी त्रिकोण की तरह एक कोने पर बैठे दूसरे कोने को देखने वाले लोगों की मानसिकता का आकलन किया गया है।

शाम से शमा जली देख रही है रस्ता कोई परवाना इधर आया नहीं

देर हुई सौत होगी मेरी जो पास में जलती होगी।

अपनी आंखों से जो दुनिया दिखाई देती है, उस पर कोई हाथ रख दें तो कैसा हो? यदि वह कोई मनपसंद हो या फिर दिल के करीब हो तो सोने पे सुहागा। बंद आंखों से दिखने वाली दुनिया की रोशनी भी सुहानी है। उसमें से दो जहान दिखाई दे सकते हैं।

अंधी आंखों पे तुमने अच्छा किया

हाथ रख के रोशनी दे दी

तेरे हाथों में खुल गए दो जहां।

कई बार जिंदगी इस तरह से चलती जाती है कि कुछ भी समझ नहीं आती। कोई पहचान वाला दिख जाएं तो मुस्कुरा देना या फिर किसी बात को सुनकर सुन लेने जैसा हो जाता है। मन अपनी धुन में रहता है। मन का करने वालों के लिए यह त्रिवेणी सटीक है। इंसान एक सम भाव में आ जाता है कि कुछ भी करने से कुछ फर्क नहीं पड़ता।

सामने आए मिरे देखा मुझे बात भी की

मुस्कुराए भी पुरानी किसी पहचान की खातिर

कल का अखबार भी बस देख भी लिया रख भी दिया।

हवा के लड़कपन और आवारापन में रोचकता दर्शाने का गुलज़ार का अंदाज निराला है। या कहे कि युवावस्था और हवा को एक साथ रखकर देखा है। अपनी मस्ती में चलने वाली हवा भी जवानी की तरह मदमस्त है। उसे कोई फर्क नहीं पड़ता किसी बात का।

कही मिट्टी उछलती है कही कंकर छिटकता है

कि ठुड्डे मारती चलती है राहों में हवाएं

अजब लड़कों सी लगती हैं ये दीशीजा अदाएं।

तीन छोटी लाईनां में सबसे शानदार पक्तियां हैं। इतने लोगों में कह दो आंखों को इतना उंचा न बोला करें, लोग मेरा नाम जान जाते हैं।

इंसान के पास एक दिन में बहुत से रंग होते हैं, जिनमें से वह सुबह और ।शाम को तो पसंद करता है। लेकिन इंसान दिल से इस कदर डरपोक होता है कि वह रात से डरता है तो दिन के सन्नाटे और उसकी भयावहता से भी खौफ खाता है। दिन पसंद करता हो तो भी उसके दिलोदिमाग पर हावी होने वाला दिन डराता है। पूरी तौर पर इंसान किसी न किसी बात से डरता है।

शाम गुजरी है बहुत पास से होकर लेकिन सर पे मंडलाती हुई रात से जी डरता है सर चढ़े दिन की इसी बात से डर लगता है।

इंसानी फितरतों का बयान करती त्रिवेणी गजब की है। इंसानी फितरत बदलती रहती है। कौन कैसा है यह कहना मुश्किल है। ऐसे में उनका कहना है कि आओ सारे पहन लें आईना। सभी आईने में अपनी ही सूरत देखेंगें। उनके हिसाब से रूह किसने देखी है। वैसे भी इंसान बाहर से दिखाई देता है वैसा होता नहीं है। इसलिए गुलज़ार साहब कहते हैं कि आओ सारे पहने लें आइने।

आओ सारे पहन ले आइने
सारे देखेंगे अपना ही चेहरा
रूह अपनी भी किसने देखी है।

जिंदगी से हैरान परेशान इंसान बस जिंदगी से ही डरा रहता है। उनका मानना है कि मौत से सब डरते हैं। जिंदगी तो रोज ही मारती है, लेकिन मौत एक बार में काम तमाम कर देती है।

क्या पता कब कहां से मारेगी
बस कि मैं जिंदगी से डरता हूं
मौत का क्या है एक बार मारेगी।

प्रकृति के इतने करीब रहते हैं गुलज़ार की उनकी लेखनी से मानस सीधे अपनी जमीन और आसमान से प्रेम करने लगता है। एक पंछी की भावना को भी अपनी कलम में बांधने और साधने की ताकत रखते हुए वे कहते हैं कि उठके जाते हुए पंछी ने बस इतना देखा। और सबसे बड़े

अचरज की बात है कि पंछी की इस हरकत को इन्होंने देखा। यह अपने आप में अद्भुत है कि कोई डाली हिलती रही तो वो क्या पास बुला रही थी या विदा दे रही थी। इसे मानव जीवन के समकक्ष रखकर भी देखा जा सकता है।

उठके जाते हुए पंछी ने बस इतना ही देखा
देर रात हाथ हिलाती रही वो शाख फिजा में
अलविदा कहने को या पास बुलाने के लिए।

कितना सही कहा है। जिंदगी मिलती तो सभी को है, पर उसे जीने के तरीके कितने अलग हो सकते हैं। जिंदगी और मौत को सोचने का तरीका हर इंसान का अलग है। ऐसे में जिंदगी की अनिवार्यता और मौत की अनिवार्यता में अंतर है। हर आदमी पैदा होता है और मरता है। परंतु जीने और मरने में अच्छा क्या है? यह फैसला करना मुश्किल जान पड़ता है। जीना सभी चाहते हैं और मरने से डरते हैं। लेकिन जीने की चाह रखने वालों को भी मरना होता है। ऐसे में मौत तो सभी पे आती है लेकिन जिंदगी किसी को चाहने पर भी वैसी नहीं मिलती जैसी कि वो चाहते हैं। जिंदगी सब पे क्यों नहीं आती? यह ख्याल जाहिर करते हुए वे कहते हैं कि मौत किसी में फर्क नहीं करती।

सब पे आती है सबकी बारी से
मौत मुंसिल है कम ओबेश नहीं
जिंदगी सब पे क्यों नहीं आती?

बाढ़ की विभीषिका को बताती त्रिवेणी जीवन के दो पक्षों बहुत सतही तौर पर कहती हुई दिखाई देती हैं लेकिन उसमें बहुत गंभीरता छुपी हुई है। अखबार वाला अखबार समय पर पहुंचाने का महत्व समझने के बावजूद देर से है और उसमें छपी खबर एक दुखद सत्य। दुनिया में कुछ भी हो जाएं सभी को अपने हिस्से का काम तो करना ही होगा। इस त्रिवेणी में एक साल का वाक्या और एक दिन की लेटलतीफी दोनों पर बराबर तंज है। सभी को अपने काम की स्पीड बढ़ानी होगी नही ंतो प्रकृति ऐसी ही पछाड़ती रहेगी।

ऐसे कितने मायने इन चंद पक्तियों के निकलते हैं।

उफ ये भीगा हुआ अखबार

पेपर वाले को कल से चेंज करो

पांच सौ गांव बह गए इस साल।

कुछ तो बहुत ही सीधी त्रिवेणी है। उनमें से एक यह है कि चांद को एक फल मान लिया है। रात का होना और फिर सुबह का होना। रात को पेड़ मानकर उस पर आने वाले चांद को फल और सुबह होने के साथ उगते सूरज के साथ फल को पका मानकर उसका टपकना। अपने आप में अद्भुत कल्पना है। ऐसे में जब चांद पककर टपका तो सूरज को चोर मान लेना और उसकी तलाशी लेने की कल्पना अपने आप में सुंदर है।

रात के पेड़ पे कल ही देखा था

चांद बस पक के गिरने वाला था

सूरज आया था जरा उसकी तलाशी लेना

बहुत गंभीर बात है। किसी से हाथ मिलाना और किसी का नाम लेना। दोनों बातों में अंतर साफ दिखाई देता है। कुछ नाम पुराने रिश्तों की तरह किन्हीं किताबों पर लिखें वर्क की तरह हाथ को महसूस होते हैं। कुछ नामों को हम बस लेने के लिए लेते हैं और कुछ नामों को हम भूल जाना चाहते हैं। यह त्रिवेणी कुछ इसी तरह की है कि जैसे लोगों को अपनी पहचान बताने में और लोगों को पहचानने में मुश्किल होती है।

हाथ मिला कर देखा कुछ सोच के मेरा नाम लिया

जैसे ये सरवर्क किसी नावेल पर पहले देखा है

रिश्ते बस बंद किताबों में ही अच्छे लगते हैं।

शहर में होने वाले बंद और आतंकी दंगों को साधारण तरीके से इसी तरह कहा जा सकता है। बंद में बंध खोलने की बात है। दुनियावी बंधनों से आजादी और बंद करने में व्यवस्था को परेशानी में डालने का मसला है।

गोली बारूद आग बम नारे

बाजी आतिश की शहर में गर्म है बंध खोलो कि आज सब बंद है।

अंधेरी रातों और उजालों के दिनों का अंतर और चांद में होने वाला बदलाव मानव मन को भी बदलता है। इस त्रिवेणी में विरोधाभास है। चोदहवें का चांद और अमावस दोनों का एक साथ होना विलक्षण है।

चोंदहवें चांद को फिर आग लगी है देखो

फिर बहुत देर तक आज उजाला होगा

राख हो जाएगा तो कल फिर से अमावस होगी।

खुद को तिनका बताना और सामने वाले को शोला बताकर किस तरह से खुदा की नेमतों को सजदा करना। खुदाबंद ने तुमको किस लौ से बनाया है यह एक सवाल है सामने वाले को बड़ा बताने के लिए। उस परसे कभी घर पर बुलाने की अनकही जिद और उस पर खुद जल जाने का डर भी अपने आप में अलग है।

शोला सा गुज़रता है मेरे जिस्म से होकर,

किस लौ से उतारा है खुदाबंद ने तुम को,

तिनकों का मेरा घर है, कभी आओ तो क्या हो?

खुदा की नेमतों का आभार मानते हुए गुलज़ार साहब कहते हैं कि जमीं भी उसकी है और सभी नेमतें भी खुदा की। खुदा को पुकारते हुए कह रहे हैं कि ऐ घर के बंदे कभी तू भी तो अपने घर में आ। सहज भाव से खुदा को बुलाने का यह तरीका शानदार है।

ज़मीं भी उसकी, जमीं की नेमतें उसकी

ये सब उसी का है, घर भी, घर के बंदे भी

खुदा से कहिए कभी वो भी अपने घर आएं।

ख्याल फेंका है रफतार ए बेपनाह के

साथ खुदा को पहुंचे था उससे परे

निकल जाए कि उसके बाद जो पहुंचा तो मुझ तक आएगा। ऐसी भी कुछ त्रिवेणियां हैं जो बहुत सीधी सपाट है पर उनके मायने बहुत ही गंभीर है। जैसे लोग मेलों में भी गुम हो कर मिले हैं बारहा। दास्तानों के किसी दिलचस्प से इक मोड़ पर यूं हमेशा के लिए भी क्या बिछड़ता है कोई। बे लगाम उड़ती है कुछ ख़्वाहिशें ऐसे दिल में मैक्सिकन फिल्मों में कुछ दौड़ते घोड़े जैसे। थान पर बांधी नहीं जाती सभी ख़्वाहिशें मुझ से। या फिर उम्दा त्रिवेणी कि तमाम सफ़हे किताबों के फड़फड़ाने लगे, हवा धकेल के दरवाजा आ गई घर में। कभी हवा की तरह तुम भी आ जाया करो।

दोस्ती से जुड़ी कुछ त्रिवेणियां अद्‌भुत है। जैसे जेब का फटा होना और उसमें से कुछ सिक्कों का खो जाना।

वह मेरे साथ ही था दूर तक मगर इक दिन,
जो मुड़ के देखा तो वह दोस्त मेरे साथ न था
फटी हो जेब तो कुछ सिक्के खो भी जाते हैं।

ऐसे ही दो अन्य त्रिवेणियां भी यहीं भाव रखती हैं-

कुछ मेरे यार थे रहते थे मेरे साथ हमेशा
कोई साथ आया था, उन्हें ले गया फिर नहीं लौटे
शेल्फ़ से निकली किताबों की जगह ख़ाली पड़ी है। और

कभी-कभी बाज़ार में यूं भी हो जाता है।

कीमत ठीक थी, जेब में इतने दाम नहीं थे,
ऐसे ही इक बार मैं तुम को हार आया था।

इंसानी फितरत और उसे मिली नेमतों के साथ उसकी फ़जीहतों को विस्तार से कहते हुए गुलज़ार साहब कहते हैं-कोई सूरत भी मुझे पूरी नज़र आती नहीं, आंख के शीशे मेरे चटख़े हुए हैं, कब से, टुकड़ों-टुकड़ो में सभी लोग मिले हैं मुझ को। गुलज़ार ने त्रिवेणियों को लिखते समय दिल-दिमाग को एक सिरे से साथ रखकर फिर दोनों को अलग-अलग रखकर देखा है। ऐसे में रचनाओं की सूरत और सीरत दिन रात ही क्या पहरों और पलों के

हिसाब से बदलती दिखाई देती हैं। त्रिवेणी में साधारण पक्तियों में अद्भुत व्याख्या है जो किसी रचनात्मक हद्य के लिए माफिक है। उनके अनुसार त्रिवेणी का अर्थ है गंगा-जमुना और जो दिखाई नहीं देती छुपी रहती है, वो है सरस्वती। पहली दो पक्तियां गंगा जमुना की तरह है और उसका समूचा अर्थ और अर्क सरस्वती यानि तीसरी पक्ति में है।

चांद चुरा के लाया हूं.....

हेमा सिंह

गुलज़ार की कल्पना में चांद भी आवारा है और वह पता नहीं किन की संगत में रहता है। इसी लिए उन्होंने लिखा चांद के माथे पर बचपन की चोट के दाग नज़र आते हैं, रोड़े, पत्थर और गुल्लों से दिनभर खेलता रहता होगा। बहुत कहा कि आवारा उल्काओं की संगत ठीक नहीं। यह सिर्फ और सिर्फ गुलज़ार की कल्पना हो सकती है। प्रकृति से मिले दो साक्षात तत्वों को ठीक अपने जैसा बताकर उनसे यारी गांठते हैं गुलज़ार। उनके लॉन में पीपल के सूखे पत्ते सा लहराता चांद उतर जाता है। वो भी कमजोर और पीला। वहीं अपनी माशूका और चांद की नजदीकी को एक साथ रखते हुए वो एक अलग ही कल्पना लोक खड़ा करते हैं। कभी पीला चांद है तो कभी चौदहवीं के चांद में अपने प्रेमी को बुलाने का अंदाजा निराला है। एक फिल्म के लिखा उनके गीत में चांद चुरा के लाया हूं चल बैठे चर्च के पीछे। यह भी अनूठा प्रकार है चांद को देखने का। हमारी जिंदगी में चांद की अहमियत क्या है, यह गुलज़ार से बखूबी कोई नहीं बता सकता।

चौदहवीं रात के इक चांद तले

सुरमई रात में साहिल के करीब

दुधिया जोड़ें में आ जाए तू

चौदहवीं रात के इक चांद तले

कभी चांद की पेशानी पे धुंआ उठता है तो उस महकी हुई रात में जलने की जिद। और जंगल में पूर्णमाशी की चांदनी पत्तों पर छिटककर टिकलियों सी बन जाती हैं। रात की कल्पना और उसके बच निकलने की बात। जैसे वो हाथ में चांद की चमकीली अठन्नी लेकर घर से भागी हो किसी मेले में जाने के लिए। वहीं रात फिर मासूम हो जाती है। वहीं चांद के सामने मिलने का वादा करती हुई कोई नज़्म। अनगिनत जिंदा व मुर्दा

तारे, अनगिनत जिंदा व मुर्दा से चांद। यहीं रात के ढलने में अभी देर है और चांद का आसमान पर बना रहना किसी शायर मिज़ाज के लिए कैसा हो सकता है। शामियाने में लटकते हैं अभी रात के जाले, दामन ए शब पे लटकता है अभी चांद का पैबंद।

चांद को लेकर गुलज़ार की कल्पना अपने आप में अजूबा है। वैसे भी कवियों के लिए प्रकृति एक संपूर्ण तत्व होता है पर उसमें से अलग-अलग कर सभी के लिए माला पिरोना बहुत कम लोगों के लिए संभव है। उन्होंने अपनी हर नज़्म या फिर कहानी में चांद को किसी किरदार की तरह तैयार किया है। मानो वह नहीं होगा तो बात पूरी नहीं होगी।

वो जो शायर था चुप सा रहता था
बहकी बहकी सी बातें करता था
आंखों कानों पे रखके सुनता था
गूंगी खामोशियों की आवाजें
जमा करता था चांद के साये
गीली गीली सी नूर की बूंदें
हां वहीं वो अजीब शायर
रात को उठके कोहनियों के बल
चांद की ठोड़ी चूमा करता था
चांद से गिर के मर गया है वो
लोग कहते हैं खुदखुशी की है।

दिन के रात में बदलने की रोजमर्रा की बात को बखूबी कहते हैं कि-

किरणें मिट्टी फांक रही हैं,
साये अपना पिंड छुड़ाकर भाग रहे हैं

थोड़ी देर में लहरायेगा चांद का परचम

रात ने फिर रण जीत लिया है

आज का दिन फिर हार गया हूं।

दिन के साथ की जंग जीतने वाला चांद कभी मिश्री भी बन जाता है। दिन-रात में से बहुत से लोगों को रात सुहानी लगती है। ऐसे लोग कम होंगे क्योंकि लोगों ने रात की सूरत देखी ही नहीं। रात को भयावह बना दिया गया है। ऐसे ही लोगों की नजर से वे कहते हैं

कसैली रात के हाथों पे रख दीं

चांद की मिश्री ये दिन रूठा हुआ था

धूल में लिपटा हुआ कब से।

हमेशा रात की कल्पना करने वाले गुलज़ार की यह नज़्म कहती है बस चंद करोडों सालों में सूरज की आग बुझेगी जब और राख उड़ेगी सूरज से जब कोई चांद न डूबेगा। इसी तरह आगे वे कहते हैं कि मेरी खुदी को तुमने चंद चमत्कारों से मारना चाहा मेरे एक प्यादे ने तेरा चांद का मोहरा मार लिया। वक्त की आंख पे पट्टी बांध के चोर सिपाही खेल रहे थे। रात और दिन और चांद और मैं जाने कैसे इस गर्दिश में अटका पांव, दूर गिरा जा कर मैं जैसे। ऐसे ही गुलज़ार साहब की एक नज़्म में उन्होंने रात को कांच का नीला सा गुम्बद कहा है और चांद की किरणों को चिकनी डली कहा है जो रोज़ घुल जाती है।

वहीं चांद सपनों सी नींद वाली रातों में खेलने का सहारा बन जाता है। इस गीत में उनका चांद अंखियों में भर जाता है। वहीं चांदनी की छांव हो जाती है तो बगुलों के पांव पानी में डूबने जैसा चांदनी का एहसास हो जाता है। सपनों की दुनिया में ले जाने वाले गुलज़ार ने बालिश्तों में शाम के साये नापे हैं तो चांद को देर हो जाती है आने में। वैसे ही चौदहवीं की रात में चांद के तले सुरमई रात के तले प्रेमिका के आने की कल्पना से जब बुद्ध और ईसा भी अपना ध्यान भटक सकते हैं। वैसे ही जब दर्द को नींद आने लगे, ज़र्द सा चेहरा लिए जब चांद उफक तक पहुंचे तो दिन अभी

पानी में हो रात किनारे के करीब। बड़ी अजीब कल्पना है। दिन भी पानी से निकलता है और रात भी वहीं डूब जाती है।

अपने साये पे पांव रखता हूं, छांव छालों को नर्म लगती है। चांद की नब्ज़ देखना उठकर रात की सांस गर्म लगती है। मुंडेर से झुक के चांद कल भी पड़ोसियों को जगा रहा था। उसकी का ईमां बदल गया है, कभी जो मेरा खुदा रहा था। इसी तरह गुलज़ार का चांद पता नहीं कैसे किस तरह से काम करता है और किसे प्रभावित करता है। ऐसे ही जब कोई चांद न डूबेगा और कोई जमीं न उभरेगी, तब ठंडा बुझा इक कोयला सा टुकड़ा ये जमीं का घूमेगा भटका-भटका। ऐसे ही वक्त की आंख पे पट्टी बांध के चोर सिपाही खेल रहे थे रात और दिन। और चांद और मैं ना जाने कैसे इस गर्दिश में अटका पांव दूर गिरा जा कर मैं जैसे, रोशनियों के धक्के से परछाई जमीं पर गिरती है।

गुलज़ार की कल्पना में चांद के हमार चेहरे हैं। उसकी उपयोगिता और जिंदगी में वाकफियत और कैफ़ियत का तो कहना ही क्या? चांद की रोशनी और चांदनी के साथ सूरज पर भी उनकी कलम इस कद़र खुबसूरती से चली है कि पढ़ने वाले को दूसरी दुनिया का एहसास होने लगता है। चांद रातों के ख़्वाब उम्रभर की नींद मांगते हैं। खट्टी मीठी आंखों की रसीली बोलियां, रात में घोले चांद की मिश्री, दिन के गम नमकीन लगते हैं, नमकीन आंखों की नशीली बोलियां। ऐसे ही गुलज़ार का चांद पिया की जुदाई में गुब्बार है, जिसे रात में चढ़ाया और दिन में उतारा जाता है।

जबां पे लागा नमक इस्क का गीत में मैं चांद निगल गई दैया रे, भीतर-भीतर आग जले, बात करूं तो सेंक लगे। यह बात भी कमाल की है कि प्रेम की अग्नि ऐसी हो रही है कि प्रेमिका ठंडक के लिए चांद निगल गई पर उससे भी सेंक ही लग रहा है। यह कल्पना अद्‌भुत है।

ऐसी ही एक कविता में जोरहट में एक दफ़ा, दूर उफ़क के हल्के-हल्के कुहरे में। हमीन बरूआ के चाय बाग़ान के पीछे चांद कुछ ऐसे दिखा था, जैसे चीनी की चमकीली कैटल रखी हो। ऐसे ही शाम के साये बालिस्तों से नापे हैं, चांद ने कितनी देर लगा दी आने में। शाम के भी साए होते हैं इंसानों

की तरह और उसे नापने का पैमाना भी बालिस्त है।

तेरे जाने से कुछ बदला तो नहीं, रात भी आई थी, चांद भी आया, हां मगर, नींद नहीं। चलो न डूबे, आ चल डूब के देखें, एक दो चांद से कूदें।

एक सौ सोलह चांद की रातें और तुम्हारे कांधे का तिल यह गीत भी चांद की महत्ता हमारे जीवन में स्थापित करता है। ऐसी ही एक कविता है मौत तू एक कविता है में ज़र्द सा चेहरा लिए जब चांद उफक तक पहुंचता है तभी कवि से कविता का मिलन होता है। जीवन में प्रकृति से मिले तत्वों को यथार्थ और कल्पना के साथ जोड़ते, साकार करते, नए प्रतिमान गढ़ते गुलज़ार अपनी हर रचना से प्रेम करने को मजबूर कर देते हैं। मायनों में से मायने और बेमानी वाकयों में से मायने बनाने वाले हर इंसान के भीतर तक झांक आते हैं। साथ ही झांक लेते हैं वे सपनों, सच्चाई और जरूरतों की दुनिया में। गुलज़ार की रचनाओं में बेहद नफ़ासत के साथ अल्फ़ाज चलते हैं मानो किसी सुंदर कसीदें को बनाया जा रहा हो। उन्होंने बहुत सी गज़लें भी लिखीं जिन्हें जगजीत सिंह ने अपनी मखमली आवाज़ का जामा पहनाकर लोगों के सामने रखा। गुलज़ार एक संपूर्ण पैकेज है, जैसे कि उनका नाम है संपूर्ण। कला के धरातल पर बनने वाली, टिकने वाली ऐसी अनेक रचनाओं का निर्माण उन्होंने किया जो अपने आप में प्रतिमान है।